"Pourquoi teniez-vous à me voir, monsieur?"

En l'espace d'un éclair, Gérard fut debout. Il saisit Vivian violemment par les épaules.

"Je vous interdis de m'appeler 'Monsieur Daniels'! Si vous osez recommencer, je vous étrangle!"

Vivian essaya en vain de le repousser. Sauvagement, il resserra son étreinte et l'attira tout contre lui. Sa bouche réclama la sienne...

"Mon Dieu, Vivian," gémit-il. "Je vais vous obliger à avouer que vous vous souvenez de moi!"

Il la souleva de terre d'un mouvement preste et alla la déposer sur le lit. Elle se débattit, mais Gérard était le plus fort. Ses mains commencèrent à la caresser, et l'envie de Vivian de lui échapper se dissipa. La tête rejetée en arrière, elle émit un gémissement de plaisir.

Avait-elle connu Gérard auparavant? Car elle sentait qu'elle avait un jour été embrassée de cette manière. Mais quand?...

Dans Collection Harlequin

Carole Mortimer

est l'auteur de

Dans Harlequin Romantique

Carole Mortimer

est l'auteur de

L'AMOUR OUBLIE

Carole Mortimer

Collection Harlequin

PARIS • MONTREAL • NEW YORK • TORONTO

Publié en mars 1984

ISBN 0-373-49384-3

Dépôt légal 1e trimestre 1984
Bibliothèque nationale du Québec et Bibliothèque nationale
du Canada.

Imprimé au Québec, Canada—Printed in Canada

1

Une fois de plus, Vivian garda la pose pour le photographe. Son sourire était maintenant figé, et elle avait la désagréable impression que son maquillage fondait sous l'intensité du soleil. Une foule considérable de curieux s'était amassée autour d'eux lorsque Paul avait déployé tout son matériel sur cette plage de Fort Lauderdale, une ville de vacances située à une quarantaine de kilomètres de Miami.

La plupart des spectateurs étaient des hommes, et tous couvaient d'un regard admiratif Vivian et Carly, tandis qu'elles présentaient leurs modèles. Shorts ultra-courts et maillots minuscules étaient certainement les tenues les plus appréciées...

Une chaleur étouffante régnait ; habituée à la fraîcheur des étés anglais, Vivian commençait à souffrir. Elle n'avait plus qu'une envie : se déshabiller, enfiler un de ses innombrables bikinis et courir se jeter dans les eaux translucides de l'océan.

Fort Lauderdale était à la hauteur de sa réputation : les gens étaient accueillants, souriants, les palmiers majestueux, le sable d'une blancheur éblouissante, la mer calme. D'immenses hôtels modernes bordaient la côte, tous plus luxueux les uns que les autres. Vivian, Paul et Carly séjournaient dans un de ces palaces.

C'était leur première journée de travail; la veille, ils s'étaient reposés après un voyage éprouvant de plus de neuf heures. N'ayant jamais connu ce genre de climat, Vivian avait été saisie par surprise quand elle était sortie ce matin de sa chambre climatisée. Déjà, avant la première prise de vue, elle avait perdu toutes ses forces ! Cette dernière heure devenait un supplice ! Chaque pose semblait interminable, ses mouvements étaient lents, lourds, apathiques... Elle enleva son chapeau de paille.

— Paul, je n'en peux plus !

La mer était derrière elle, si bleue, si tentante... Paul baissa son appareil photo. En dépit de ses trente-deux ans, il avait l'air d'un gamin malicieux, avec ses cheveux blonds trop longs, ses traits fins et sa silhouette fragile. A force d'évoluer toujours parmi de ravissantes jeunes femmes, il avait parfois des manières un peu efféminées, ce qui lui attirait des remarques ironiques de la part des jaloux. Mais Vivian savait que les rumeurs étaient sans fondement : Paul vivait avec Carly depuis plus d'un an.

— Encore deux prises, puis nous nous arrêterons pour aujourd'hui, d'accord ?

— D'accord, soupira-t-elle en remettant son chapeau.

Elle était sûrement dans un état pitoyable ! Carly se redressa.

— Je peux donc aller me changer ? s'enquit-elle.

— Oui, vas-y, répondit-il d'un ton préoccupé.

Elle se leva et le gratifia d'une grimace éloquente.

— J'adore me sentir indispensable !

Paul l'ignora, préférant se concentrer sur son objectif et son sujet. Ses mannequins n'étaient même plus des femmes à ses yeux, mais des objets qu'il avait à mettre en valeur grâce à son habileté et à son sens artistique. Vivian aimait être photographiée par lui, car elle était certaine à l'avance des résultats. Si Paul n'avait pas été désigné comme réalisateur, elle aurait sans doute refusé ce contrat, car elle avait dû laisser Tony chez son frère.

Oh, Tony n'était pas malheureux ! Il aimait séjourner

chez Oncle Simon et Tante Janice. Mais Vivian se sentait coupable de l'abandonner ainsi au loin. Veuve, ayant un métier fort accaparant, elle s'arrangeait en général pour l'emmener partout avec elle lorsque cela était possible. Peut-être était-elle un peu trop possessive ? Mais Tony était tout ce qui lui restait en souvenir d'Anthony, son mari tant aimé, mort peu de temps après leur mariage.

Tony était si mignon, si enjoué ! Un enfant adorable, attendrissant... Un petit démon, oui, malgré ses yeux innocents, ses boucles blondes et ses grosses joues de chérubin. Comme il lui manquait !

— C'est terminé, annonça Paul. Tu peux aller te changer, toi aussi.

Elle essuya son front ruisselant du revers de la main.

— Je rentre à l'hôtel prendre un maillot...

— Excellente idée. A tout à l'heure.

— Nous utiliserons le bikini que j'ai sur moi demain, je crois ?

— Non, marmonna-t-il en rangeant ses appareils.

— Dans ce cas, je ne l'enlève pas.

Elle s'enveloppa dans un paréo, heureuse de pouvoir enfin se soustraire aux regards indiscrets. Elle était grande et fine, comme tout mannequin qui se respecte, dotée d'un visage à l'ovale parfait et de grands yeux bruns légèrement en amande. Ses cheveux, surtout, magnifiques avec leurs reflets roux, lui avaient valu d'énormes succès comme modèle en Angleterre. Vivian n'était guère ambitieuse : elle n'envisageait pas une carrière de cover-girl internationale ; l'essentiel était qu'elle gagne suffisamment d'argent pour élever Tony dans les meilleures conditions possibles.

Cher petit Tony ! En rentrant à l'hôtel tout de suite, elle arriverait peut-être à temps pour téléphoner chez son frère. Le simple fait d'entendre son fils murmurer un « maman » maladroit suffirait à la remettre d'aplomb !

— Tu es dans la lune ? voulut savoir Paul. Je te parlais...

— Je suis désolée, répondit-elle en clignant des paupières... Qu'as-tu dit ?

— Je te conseillais de te baigner avec ce maillot, personne ne te demandera de le rendre.

— Ça ! railla-t-elle. Tu plaisantes ! Il se désintégrerait au contact de l'eau !

Paul sourit.

— Tu as une drôle de façon de vanter les produits de Style Swimwear !

Carly surgit à cet instant précis de la caravane qu'elles avaient transformée en loge.

— Tu es prêt ?

— Prêt pour quoi ? riposta-t-il, sourcils froncés.

— Tu avais promis de m'emmener à Ocean World. Et ne me dis pas que tu as oublié ! ajouta la jeune femme tandis qu'il hochait la tête de droite à gauche, d'un air las... Tu avais promis, Paul !

— Je dois m'occuper de ces pellicules.

— Ocean World n'est pas loin, nous serons vite rentrés.

— Carly, nous sommes ici pour travailler, et je...

— Oh, Paul, ne sois pas si grognon ! protesta Vivian. Accompagne Carly à Ocean World.

— Et si notre client demande à voir les planches de contact ce soir ?

— Il nous a invités à dîner ! intervint Carly avec nonchalance. Il ne s'attend tout de même pas à voir immédiatement les résultats !

— C'est vrai, j'avais complètement oublié cette soirée, murmura Vivian, le front plissé. C'est bizarre d'être reçu par le directeur en personne de Style Swimwear, vous ne trouvez pas ?

Paul haussa les épaules.

— Cela arrive. D'ailleurs, il habite notre hôtel. Il est propriétaire du duplex au dernier étage.

— Ah ? Je n'étais pas au courant.

— Et où aurions-nous dîné, à ton avis ?

— Je n'en sais rien, moi. Pas chez lui, en tout cas.

— Il est arrivé hier soir, expliqua Paul. J'ai discuté avec lui pendant que vous dormiez.

Carly fronça le nez.

— Tout le monde n'a pas ton énergie pour le travail. D'ailleurs, Vivian et moi devons surveiller notre sommeil si nous voulons rester belles et jeunes.

— En effet !

— Espèce de... !

Vivian éclata d'un rire perlé devant la fureur de sa collègue.

— Tu l'as cherché, taquina-t-elle.

— C'est possible, admit Carly à contrecœur. En guise de punition, mon cher Paul, tu vas m'emmener à Ocean World ! conclut-elle en glissant un bras sous le sien.

— Qui peut vouloir contempler quelques dauphins dans un bassin ?

— Moi, en l'occurrence, affirma Carly. Et gare à toi si tu ne veux pas que je te pousse dans l'eau avec les orques !

Vivian savait que cette querelle était insignifiante : Carly et Paul étaient très épris l'un de l'autre.

— Bon, bon, concéda-t-il enfin. Tu viens avec nous, Vivian ?

— Non, merci. Je rentre à l'hôtel donner un coup de téléphone, puis j'irai me baigner.

— Ne te mets pas en retard pour ce dîner. Rendez-vous à dix-neuf heures trente !

— J'y serai.

— Et fais-toi belle. Daniels t'en sera immensément reconnaissant.

Elle sourit : Paul était vraiment décidé à impressionner leur employeur !

— Je mettrai une robe au décolleté audacieux !

— Je ne te demande pas de le séduire ; je tiens seulement à lui prouver combien mes mannequins sont irrésistibles.

— Ne t'inquiète pas, Paul !

Sur ces mots, elle prit congé : si elle ne se dépêchait pas, elle risquait de ne plus obtenir sa communication avec l'Angleterre...

De sa démarche gracieuse et assurée, elle se dirigea vers l'ascenseur.

— Vivian ! Vivian ! Attendez !

Elle fronça les sourcils et se retourna pour affronter le propriétaire de cette voix grave et veloutée, teintée d'un accent anglais. Un homme de haute stature aux cheveux noirs, légèrement grisonnants aux tempes, et aux yeux d'un bleu extraordinaire, se frayait un chemin parmi les touristes déambulant dans le hall. Jamais de sa vie Vivian n'avait rencontré un homme aussi beau ! Fort, musclé, bronzé... menton volontaire, lèvres sensuelles... oui, il était... superbe ! Il se comportait comme s'il la connaissait... Mais Vivian était persuadée du contraire. Comment aurait-elle pu l'oublier ?

— Vivian ! répéta-t-il en la saisissant par les poignets, et en plongeant son regard dans le sien... Mon Dieu, Vivian, c'est vraiment vous... !

Elle lui adressa un sourire poli et indifférent, tout en essayant de se dégager de cette étreinte.

— Oui, c'est vraiment moi. A présent, voulez-vous me lâcher, s'il vous plaît ?

— Oh, Vivian, murmura-t-il. Vous ne pouvez pas savoir ce que j'éprouve en vous revoyant ici !

Vivian, en revanche commençait à le comprendre : il la serrait tellement fort qu'il lui faisait mal !

— Je vous prie de me lâcher, monsieur...

— Vivian...

Une colère sourde montait en elle : plusieurs personnes, intriguées, s'étaient arrêtées pour observer de loin cette scène.

— Oui, Vivian est mon nom, nous sommes d'accord sur ce point, répliqua-t-elle d'un ton glacial.

Elle aurait du mal à se débarrasser de cet importun ! Ce n'était pas la première fois qu'un homme prétendait la connaître. C'était assez normal, après tout, ils avaient tous pu l'admirer sur la couverture d'une revue un jour ou l'autre... Mais elle n'était pas ici pour s'amuser. Elle avait du travail, et plus vite ce serait terminé, plus vite elle retrouverait son petit Tony... Tony! Mon Dieu! Si elle n'arrivait pas à joindre immédiatement Simon et Janice, son fils serait couché!

— Je suis ravie de vous avoir rencontré, monsieur... euh... Mais je vous prie de m'excuser...

Elle parvint enfin à se détourner, l'ayant déjà chassé de ses pensées. Une main s'abattit sur son épaule : l'homme ressurgit comme par miracle devant elle.

— Vivian, je sais que tout s'est terminé de façon abrupte entre nous, mais je pensais que vous comprendriez.

— Ecoutez, monsieur...

— Gérard.

— Monsieur Gérard, reprit-elle, exaspérée. Vous...

— Gérard tout court. Ne jouez pas les innocentes, Vivian, pas avec moi, pas maintenant.

— Je ne joue pas les innocentes, monsieur... Gérard! riposta-t-elle. Je n'aime pas les jeux.

— Moi non plus.

— Dans ce cas, laissez-moi tranquille. Je suis pressée, je n'ai pas le temps de disserter sur ce problème.

— Vivian!

Elle le fusilla du regard.

— Je vous ai prié de me laisser tranquille!

Il fronça les sourcils, visiblement perplexe.

— Pourquoi feignez-vous de ne pas me connaître?

— Parce que je ne vous connais pas! s'écria-t-elle, livide de rage. Et si c'est pour vous une manière de me faire la cour, elle manque d'originalité!

— Faire la cour! répéta-t-il, aussi ahuri que furieux. Ne me torturez pas, Vivian! Je le mérite peut-être, mais épargnez-moi...

Elle secoua la tête de gauche à droite.

— Je ne sais pas de quoi vous parlez.

— De nous, soupira-t-il. De vous et de moi.

— Il n'y a pas de « vous et de moi ». Si nous nous sommes déjà rencontrés autrefois, j'ai le regret de vous annoncer que je n'en ai aucun souvenir.

— C'est faux! protesta-t-il. Vous cherchez simplement à me punir!

Elle se mordit la lèvre inférieure.

— Je ne comprends absolument rien à ce que vous me racontez. Nous ne nous sommes jamais vus. A présent, je vous abandonne, je suis très pressée.

Cette fois, il ne tenta pas de lui barrer le chemin, et elle put pénétrer dans l'ascenseur. D'un doigt tremblant, elle appuya sur le bouton de son étage. Au moment où les portes se fermaient, elle eut une dernière vision dudit Gérard. Il paraissait anéanti.

Cet homme était-il fou? Ou bien était-il simplement persuadé de la connaître? Après tout, il l'avait appelée par son prénom... Non, elle ne l'avait jamais vu... Comment aurait-elle pu l'oublier? A moins que... Non, non.

Elle put joindre Simon et parler à son fils âgé de 18 mois, juste avant que Janice ne le couche. Tony était très inquiet de savoir quand sa maman viendrait le chercher. Une boule dans la gorge, Vivian le rassura... Bientôt, très bientôt! Tant de kilomètres la séparaient de son fils! Elle regrettait d'avoir signé ce contrat et d'être venue à Fort Lauderdale...

— Comment vas-tu, petite sœur? s'enquit Simon en reprenant l'appareil.

— Très bien, le rassura-t-elle. Tony est sage?

— A ton avis?

— Mon Dieu! soupira-t-elle. Qu'a-t-il encore inventé comme grosse bêtise?

— Oh, rien de grave... Il a voulu manger la pâtée du chat...

— Beurk!

— En effet. L'ennui, c'est qu'il a voulu y goûter en même temps que le chat. Tu imagines la suite.

— Raconte...

Simon et Janice avaient un énorme chat gris... une créature placide, jusqu'au moment où on lui présentait son plat de nourriture, qu'il défendait avec acharnement si l'on osait le déranger...

— Tiger a bondi et lui a donné un coup de patte. C'est alors que Tony l'a saisi par la queue...

Deux grosses larmes ruisselèrent sur les joues de Vivian. Elle hoquetait, en proie à un fou rire inextinguible.

— Qui a gagné?

— Oh, ils ont cédé tous les deux. Tony avait la main griffée, Tiger s'est réfugié dans un coin. Ils sont redevenus amis, ils jouent ensemble depuis plus d'une heure... Et toi, ton travail?

— Ce serait très agréable si le climat était autre. Tu me connais, je ne supporte pas la chaleur. De plus...

Non. Elle s'interrompit, réticente à l'idée de confier à son frère l'incident qui avait eu lieu quelques instants plus tôt.

— Cela n'a aucune importance, éluda-t-elle.

— Que s'est-il passé, Vivian?

— Un homme...

— Un seul? Tu m'étonnes!

— Non, Simon, cette fois, c'était différent, bizarre...

Elle raconta dans ses moindres détails ce mystérieux épisode.

— Il t'a irritée?

— Il m'a surtout troublée, avoua-t-elle.

— Aha? Il est donc très séduisant?

— Mais non, ce n'est pas ce que je veux dire, Simon! riposta-t-elle d'un ton sec, tout en lui en voulant de ne pas prendre sa détresse au sérieux.

— Ecoute, Vivian, Anthony est mort depuis de nombreux mois. Tu es trop jeune et trop jolie pour rester seule tout le reste de ta vie. D'ailleurs, Tony a besoin d'un papa.

— Simon! explosa-t-elle, indignée. Cet homme ne représente en rien un papa idéal! Et même si c'était le cas, il ne m'intéresse pas. Mais il était si étrange...

— Arrange-toi pour l'éviter, lui conseilla son frère. A présent, je te laisse; cette communication va te coûter une fortune!

— Bien. Embrasse Tony pour moi. Grosses bises à Janice.

— A bientôt, petite sœur.

Ayant raccroché, la jeune femme fut submergée par un sentiment de désarroi. Elle éprouvait tout d'un coup le besoin impérieux de sortir de cette chambre, de se mêler à la foule. Cependant, n'ayant plus le courage de descendre jusqu'à la plage, elle se contenta de la piscine de l'hôtel.

Pourvu qu'elle n'y rencontre pas cet inconnu détestable!

La chance était avec elle : la terrasse était presque déserte. L'eau était délicieusement fraîche... Vivian nagea en toute tranquillité pendant plus d'une demi-heure, puis s'allongea sur un transat pour se sécher au soleil.

— Vous nagez bien...

Elle ouvrit les yeux et en rencontra d'autres, bleus et chaleureux. Un grand Américain au teint cuivré et aux cheveux blonds se tenait à ses côtés.

— Merci, répliqua-t-elle d'un ton indifférent.

— Vous êtes l'un des mannequins séjournant dans cet hôtel en ce moment, n'est-ce pas?

Encore un acharné! C'en était trop pour une seule journée! Il s'asseyait déjà dans la chaise longue voisine de la sienne. Vivian se redressa, le regard étincelant de fureur derrière ses lunettes noires.

— Comment le savez-vous?

— Je suis le sous-directeur, lui confia-t-il avec un sourire enjôleur.

Vivian sourit malgré elle.

— Alors vous trichez !

— Je sais, admit-il, très fier de lui. C'est un des avantages du métier.

— D'aborder les jeunes femmes ? répliqua-t-elle d'un ton taquin, rassurée de savoir qu'elle n'aurait aucun démêlé désagréable avec cet homme.

— Vous êtes mon premier mannequin, susurra-t-il en l'examinant d'un œil approbateur.

— J'en suis flattée !

Elle appréciait ses airs candides. Il n'était en rien comparable à l'inconnu nommé Gérard. Le seul fait de penser à celui-là lui donnait des frissons ! Mais pas de peur... ce qui l'étonna. Gérard était le premier à attirer son attention depuis la mort d'Anthony. C'était justement ce qu'elle lui reprochait...

— Cette grimace de dégoût ne m'est pas destinée, j'espère.

— Je... Non... je pensais à autre chose, murmura-t-elle, revenant brusquement à la réalité.

— Je vous l'interdis en ma présence. A propos, je m'appelle Greg Boyd.

— Et moi, Vivian Dale.

— Oh, ça, je le savais ! Je sais toujours les noms des belles femmes séjournant dans cet hôtel.

— Ce doit être assez compliqué pour vous ! Elles abondent !

— Faux. Il y a une grande différence entre une jolie femme et une belle femme. Vous êtes belle.

— Merci.

— Puis-je vous offrir un verre ?

— Je...

Elle consulta sa montre... Il était presque dix-sept heures. Elle devait remonter dans sa chambre s'apprêter pour la soirée.

— Non, merci, refusa-t-elle en se levant et en nouant son paréo.

— Vous aurais-je vexée sans m'en rendre compte ?

— Pas du tout ! s'exclama-t-elle en riant devant son expression déconfite. J'ai un rendez-vous ce soir, je dois aller me préparer.

— C'est bien ma chance ! C'est mon jour de congé, aujourd'hui, expliqua-t-il, et j'espérais vous convaincre de dîner avec moi.

— Une autre fois, peut-être.

Elle se pencha pour ramasser sa serviette et son tube de crème à bronzer.

— Je n'aurai plus une seule soirée de libre cette semaine.

— Dans ce cas, puis-je vous suggérer de jeter votre dévolu sur une femme... libre ?

Greg Boyd s'esclaffa bruyamment et se leva, prêt à la suivre.

— Vous n'êtes pas comme les autres...

— Ah ?

— Non... Je vous aime beaucoup, Vivian Dale.

— *Madame* Vivian Dale.

— Vous êtes mariée ?

— Veuve.

— A votre âge ?

Elle haussa les épaules.

— Ce sont des choses qui arrivent. D'ailleurs, je ne suis plus jeune, j'ai vingt-deux ans.

— Et moi donc ! J'en ai trente !

— Mon pauvre ami, vous êtes un vieillard !

Le rire de Vivian se figea, tandis qu'elle prenait conscience d'un regard bleu posé sur elle. Le dénommé Gérard se dirigeait vers l'ascenseur, tout en la fixant d'un air sauvage. Il paraissait hors de lui ! A tel point qu'elle continua de bavarder quelques minutes avec Greg... Elle n'aurait pas eu le courage de monter à son étage en compagnie de cet inconnu ! Pourvu qu'ils ne soient pas voisins de palier !

Vivian n'avait apporté qu'une robe très habillée, noire, moulante, au décolleté profond... Impossible de la mettre ce soir ! Leur employeur mourrait d'une crise cardiaque ! Charles Daniels avait au moins soixante-dix ans ! Elle choisit donc une tenue plus classique, et se contenta d'un maquillage discret. Ainsi serait-elle élégante et sophistiquée, sans ostentation, mais suffisamment pour impressionner favorablement le directeur de Style Swimwear.

— Parfait ! approuva Paul lorsqu'il vint la chercher.

Lui-même était fort distingué dans son costume noir et sa chemise d'une blancheur éclatante. Carly était ravissante, comme toujours.

— Alors ? Ocean World ? La visite vous a plu ? s'enquit Vivian tandis qu'ils montaient jusqu'au dernier étage de l'hôtel.

— Qu'en as-tu pensé, Paul ?

— C'était... c'était bien, convint-il à contrecœur... D'accord, d'accord... je me suis franchement amusé.

— Vas-y, toi aussi, Vivian ! l'encouragea son amie. Si M. Grognon ici présent avoue avoir apprécié son excursion, cela prouve que c'est fantastique !

— J'irai sans doute demain. Je tenais à appeler mon frère cet après-midi.

— Comment se porte Tony ? lui demanda Paul.

— Il détruit tout sur son passage, comme d'habitude, répliqua Vivian en riant... Mmm... C'est somptueux, n'est-ce pas ?

Paul acquiesça d'un signe de tête, embrassant d'un regard admiratif le décor luxueux.

— Attends d'avoir rencontré notre hôte !

— Les hommes de soixante-dix ans ne m'attirent guère, tu sais !

— Soixante... Vivian, il n'a pas soixante-dix ans !

— Mais Charles Daniels...

— Est décédé, il y a deux ans. Son fils a pris sa succession.

Elle cligna des paupières.

— Son fils ?

— Oui, Vivian, intervint un homme surgissant d'une petite pièce à leur gauche... J'ai pris la succession de mon père...

Vivian blêmit. Cet homme était celui qui l'avait interpellée un peu plus tôt dans le hall de réception ! Celui qui prétendait la connaître ! Gérard Daniels ! Paul avait raison, il était impressionnant ! Il s'avança pour lui serrer la main. L'air était chargé d'électricité.

— Nous voici donc de nouveau l'un en face de l'autre, Vivian, murmura-t-il.

Elle était comme hypnotisée, incapable de bouger.

— Je... euh... oui, confirma-t-elle bêtement, à court de mots.

— Vous vous êtes déjà rencontrés ? intervint Paul, abasourdi.

— Je...

— Il y a deux ans, expliqua Gérard Daniels. Bien que Vivian ait préféré l'oublier.

— C'est la vérité, monsieur Daniels, répliqua-t-elle d'un ton sec.

— Pourtant, je me souviens fort bien de vous.

Elle devint cramoisie.

— Je suis désolée, mais vraiment, je ne me rappelle aucunement...

— N'en parlons plus ! trancha-t-il en la prenant par le bras et en adressant un sourire chaleureux à Carly et à Paul... Si nous prenions l'apéritif ?

Pendant le quart d'heure suivant, il se montra un hôte parfait. Cependant, Vivian était sa prisonnière : dès qu'elle tentait de lui échapper, il la rattrapait discrètement. Il l'effrayait. Il semblait contenir en lui-même une violence inouïe, et Vivian se sentait menacée...

— Vous êtes installé en Floride depuis longtemps,

monsieur Daniels? s'enquit Carly tandis qu'ils prenaient place à table.

— Gérard, je vous en prie... Non, je n'habite pas ici, Carly. Je suis là parce que Vivian y est.

— Ah.

Carly rougit, mal à l'aise. Vivian, quant à elle, était malade de confusion. Cet homme la mettait dans une situation terriblement embarrassante ! Il insinuait devant ses amis qu'ils avaient eu certaines relations autrefois !

— Votre femme vous accompagne, monsieur Daniels ?

Le regard de Gérard s'assombrit.

— Mon épouse est morte, Vivian.

— Oh ! Je... Je... Pardonnez-moi, je suis désolée.

— Pas elle. Elle est soulagée, au contraire.

— Ah...

— Votre mari aussi est décédé.

Elle cligna des yeux, ahurie. Comment était-il au courant de tout cela ? Elle ne savait rien de lui !

— Oui. Il a succombé dans un accident d'avion.

— Je sais. Vous étiez à bord de l'appareil. A l'époque, vous portiez son enfant.

Elle avala sa salive.

— O... Oui.

A cet instant précis, Gérard Daniels lui parut l'incarnation du diable.

— Vous avez un fils, constata-t-il d'une voix étrangement blanche.

— Oui. Tony.

— Comme son père.

— Je... Oui. Vous comprenez, Anthony ne l'a jamais vu. Tony est né le jour même de la disparition de son père.

— Moi, j'ai une fille.

— Ah oui ?

— Elle a huit ans.

— Elle est ici avec vous ? voulut savoir Carly, apparemment vexée d'être depuis si longtemps tenue à l'écart de cette conversation.

Gérard Daniels la gratifia de son sourire le plus charmeur.

— Pas pour le moment, non. Elle doit me rejoindre bientôt.

— Vous l'attendez sûrement avec impatience.

— Oui... Vous êtes content de votre travail, Paul ? poursuivit-il.

Pour la première fois depuis leur arrivée dans cet appartement, Vivian put se détendre. Où avait-il trouvé tous ces renseignements sur sa vie passée ? Pourquoi soutenait-il qu'ils s'étaient rencontrés autrefois, alors qu'elle était certaine du contraire ?

Elle écouta la discussion d'une oreille distraite. Gérard Daniels semblait très au courant des diverses techniques de la photographie. Carly l'observait attentivement, intriguée...

Elle voulait s'enfuir dès la fin du repas, malheureusement, n'ayant trouvé aucun prétexte valable pour s'esquiver sans provoquer un scandale, elle dut se résigner. Armée d'un sourire courtois, elle se lova sur le canapé en cherchant dans sa mémoire où et quand elle avait pu être présentée à cet homme.

Peut-être lui rappelait-elle son épouse défunte ? Mille explications lui traversaient l'esprit... Sans doute ressemblait-elle de façon frappante à une femme qu'il avait connue en d'autres temps...

Lorsque Paul suggéra enfin de mettre un terme à cette sympathique soirée, elle bondit sur ses pieds, anxieuse de se réfugier dans le calme de sa chambre.

Une fois de plus, Gérard Daniels la saisit fermement par le bras.

— Vous pouvez descendre ; j'aimerais parler quelques instants seul avec Vivian.

Vivian avala sa salive.

— Il est tard, monsieur Daniels, nous pourrions remettre cette conversation à demain matin, non ?

— Non. Nous discuterons ce soir. Maintenant, insista-t-il d'un ton sans réplique.

— Je...

— A demain, Vivian ! s'exclamèrent en chœur Carly et Paul en pénétrant dans l'ascenseur.

— Comment osez-vous ! explosa-t-elle en se retournant d'un mouvement vif vers son tyran, dès que les portes furent fermées... Vous savez pertinemment à quoi ils pensent, tous les deux !

— Ah ? Et à quoi pensent-ils ? railla Gérard en haussant un sourcil ironique.

— Ils pensent que je vais passer la nuit ici avec vous ! rugit-elle, écarlate.

— Et alors ?

— Et alors, je m'en vais. Ecoutez, je suis désolée, mais je n'ai aucun souvenir de vous. Dans ma profession je rencontre un monde fou. Si nous étions amis...

— Nous étions plus que cela, Vivian.

Elle écarquilla les yeux, atterrée, et s'humecta les lèvres.

— Vous voulez dire que...

Il inclina la tête, soudain arrogant.

— Je veux dire que nous étions amants, Vivian.

2

Elle se dégagea brutalement de son étreinte.

— Je ne vous crois pas !

— C'est la vérité, je vous l'assure. Je vous aimais, j'ai cru que vous m'aimiez, vous aussi. J'étais le premier homme de votre vie...

— Le pre...

— Oui, Vivian.

— Je... je... Oh, mon Dieu ! gémit-elle en se détournant, tremblante d'émotion... Ce n'est pas possible !

Gérard la précéda dans le salon, versa deux verres de cognac et lui en tendit un.

— Buvez, ordonna-t-il.

Elle en prit une gorgée, puis grimaça : elle ne prenait jamais d'alcool, elle avait horreur de cela !

— Vous feriez mieux de partir, nous n'avons plus rien à nous dire, décréta-t-il tout d'un coup.

— Je... non. Oui... Je... je m'en vais, balbultia-t-elle.

— Mais avant cela... Avant cela, je veux embrasser la femme qui a hanté mes jours et mes nuits depuis de si longues années !

Elle n'avait accordé cette permission à personne depuis la mort d'Anthony. Pourtant Gérard Daniels se passerait de son autorisation ; il obtenait toujours satisfaction, il prenait ce qu'il voulait...

A son immense désarroi, Vivian découvrit très vite à quel point il était facile de lui succomber. Malgré elle, elle répondit à ce baiser explorateur. Un frémissement de plaisir la parcourut, et elle gémit; de vagues souvenirs l'assaillaient, surgissaient du fond de sa mémoire, mais les images étaient trop éphémères...

Cet homme l'avait embrassée autrefois, il l'avait caressée, possédée, elle en avait la certitude. Mais elle n'en avait aucun souvenir !

Il la souleva dans ses bras et la transporta dans la chambre à coucher, refermant la porte derrière eux d'un coup de pied.

Le claquement sec suffit à la ramener brusquement à la réalité, et elle se débattit.

— Non !

— Non ?

— Non... Je vous en supplie, laissez-moi...

— Vous en avez pourtant envie, comme moi, grommela-t-il. Quelle impression cela vous fait-il de savoir qu'après tout ce temps, je vous désire toujours autant ? Cela vous excite-t-il de découvrir que vous m'avez ensorcelé, envoûté ?

— Je...

— Vous êtes à court de mots, n'est-ce pas ? Je croyais avoir vécu un amour exceptionnel avec vous, Vivian. Je pensais que rien ne pourrait nous séparer.

— Je suis désolée...

— Sortez d'ici ! explosa-t-il, les yeux étincelants de colère. J'ai été amoureux d'un rêve, c'est tout ! A présent, je comprends, je vois que je n'étais rien pour vous. Vous n'avez pas perdu votre temps, vous, vous vous êtes jetée dans les bras d'un avocat respectable !

— Anthony... ?

— Oui, Anthony Dale ! Combien de temps avez-vous attendu, Vivian ? Une semaine ? Deux ?

— Je ne...

— Vous ne vous en souvenez pas ! coupa-t-il. Naturellement. J'appartiens à la catégorie des hommes assez stupides pour s'éprendre de vous.

— Je vous en supplie... Vous ne comprenez pas...

— Oh, si, justement... Au revoir, Vivian.

— Je vous en prie, laissez-moi vous...

— Allez-vous-en ! rugit-il.

Il se précipita dans le salon, revint avec une bouteille de whisky, et s'écroula dans un fauteuil.

— Fermez la porte derrière vous !

Vivian s'enfuit en courant, trébuchant sur son passage, aveuglée par les larmes. Gérard Daniels avait l'intention de se saoûler, c'était clair. Elle regrettait de ne pouvoir noyer sa douleur et ses peines de la même façon !

Mais l'alcool ne résoudrait en rien ses problèmes. Elle avait voulu expliquer à Gérard Daniels pourquoi, comment elle avait pu l'oublier. Il n'accepterait jamais la vérité...

Le choc, avaient dit les médecins... Le choc d'avoir perdu Anthony et mis au monde Tony. Elle s'était réveillée sur son lit d'hôpital sachant seulement que son mari était mort et qu'elle était maman d'un petit garçon. Les onze mois qui avaient précédé cet instant n'étaient plus qu'un trou noir et sans fond.

Elle était sortie avec Anthony pendant dix-huit mois ; ils s'étaient fiancés au bout d'un an. Elle savait qu'elle l'avait aimé... Mais toute l'époque de leur mariage s'était effacée dans sa mémoire...

Aujourd'hui, Gérard Daniels prétendait l'avoir connue pendant cette période. Il osait même affirmer qu'il avait été son premier amant ! Comment était-ce possible ? Anthony, qu'elle aimait, avait attendu leur mariage pour la posséder !

Anthony était un ami de son frère. Elle l'avait rencontré à l'âge de dix-neuf ans, et avait aussitôt été séduite par son physique agréable et son sérieux. Il travaillait dans le même bureau d'avocats que Simon, et ce dernier l'avait ramené un soir dîner à la maison. A cette époque, Vivian

25

vivait chez son frère, ses parents ayant tout récemment émigré en Australie afin de se rapprocher de leur plus jeune fils, Nigel, et de sa femme Jennifer. Vivian avait eu pour projet de les y rejoindre, mais elle avait changé d'avis aussitôt après avoir rencontré Anthony, préférant vivre chez Simon et Janice jusqu'à son mariage.

Où donc se situait Gérard Daniels dans cette esquisse d'une vie très ordinaire et somme toute banale ? Quelle avait été sa place au cours de ces onze mois de trou noir ? Lui seul pouvait répondre à cette question, mais, d'après la façon dont il l'avait mise à la porte ce soir, elle se doutait qu'il refuserait de parler.

Jamais un incident de ce type n'avait eu lieu. Personne n'avait surgi ainsi en prétendant l'avoir connu « avant ». Vivian en était d'ailleurs venue à accepter ce vide, à envisager son avenir uniquement, encouragée en cela par la certitude que son mariage avec Anthony avait été un succès. Simon le lui avait assuré à maintes reprises... Simon ! Peut-être saurait-il lui dire qui était Gérard Daniels ? Elle l'appellerait dès le lendemain pour se renseigner.

Tourmentée par tous ces événements, elle fut incapable de s'endormir. Comment avait-elle pu prendre un amant, alors qu'elle était fiancée avec Anthony ? Comment avait-elle pu prendre un amant, tout simplement ? Elle refusait de croire à de telles sornettes...

Elle était levée et habillée depuis longtemps, lorsque Carly vint frapper à sa porte. Elle était prête à subir l'inévitable interrogatoire de son amie.

— A quelle heure as-tu quitté l'appartement de Gérard, hier soir ? s'enquit-elle d'emblée, avec enthousiasme.

— Tout de suite après vous.

— C'est vrai ?

Carly parut extrêmement déçue par cette nouvelle.

— Oui, c'est vrai, soupira Vivian.

— De quoi voulait-il te parler ?

— De travail, éluda-t-elle avec un haussement d'épaules.

— Tu plaisantes !

— Carly...

— Ecoute, Vivian, cet homme est fou de toi, c'est évident !

— Il...

— Il te désire !

— Je t'en prie ! s'exclama Vivian, indignée... Enfin... c'est possible.

— Ce n'est pas possible, c'est certain, s'esclaffa Carly. Dès qu'il te regardait, une décharge électrique traversait la pièce.

— Je... balbutia-t-elle en rougissant jusqu'aux oreilles.

— Il a exigé de t'avoir comme mannequin pour ses maillots, tu sais.

— Qu'est-ce que tu me racontes ?

Carly s'écroula sur le lit, et Vivian lui fit face de l'endroit où elle se trouvait, près de sa coiffeuse. Son amie prit un air faussement désinvolte.

— Paul pensait qu'il t'avait demandée parce qu'il avait vu tes photos. Mais après l'épisode d'hier soir, en apprenant que vous vous étiez déjà connus autrefois, nous avons compris quels étaient ses véritables desseins.

— Tu veux dire que Gérard Daniels a ordonné à Paul de m'employer comme modèle sur ce contrat ?

— Exactement.

Cette révélation ne plaisait pas du tout à Vivian, pas plus que le reste. Elle se sentait soudain démunie et vulnérable, face à cet inconnu qui savait tout de sa vie !

— Nous travaillons aujourd'hui ?

Carly exhala un profond soupir.

— En d'autres termes notre conversation concernant Gérard Daniels s'arrête là ?

— Absolument.

— Le sujet est clos pour toujours ? insista Carly.

— Je n'en suis pas sûre, mais je le crois.

— Dommage... Dans ce métier, on rencontre tant de gens médiocres. Lui est si intéressant ! Intéressant ? Je divague, il est superbe ! Beau, intelligent, mystérieux...

— Et Paul ?

— Juste ciel... Paul ! Nous devions le retrouver dans le hall. Il veut que nous prenions notre petit déjeuner très tôt afin de nous mettre au travail avant la grosse chaleur.

— Excellente idée. Hier, j'étais épuisée.

— Moi aussi, renchérit Carly en fronçant le nez. Si nous ne descendions pas tout de suite, Paul sera furieux.

— Allons-y !

Paul les accueillit avec un grognement de colère devant l'ascenseur au rez-de-chaussée.

— Je croyais t'avoir expressément demandé de ne poser aucune question ! déclara-t-il à l'intention de Carly, tout en les entraînant d'un pas vif vers la salle à manger.

Assise en face de lui, Carly lui tira la langue.

— Tu es aussi curieux que moi, mais tu n'oses pas l'avouer !

Il appela la serveuse et lui commanda d'office du café et des tartines grillées pour trois, avant d'accorder de nouveau son attention à sa fiancée.

— Les relations entre Vivian et M. Daniels ne nous regardent pas.

— Qui l'a dit ?

— Lui.

Vivian plissa le front, perplexe.

— Quand ?

— A l'instant, avant de partir pour l'aéroport.

L'aéroport ? Gérard Daniels était parti ! Quel soulagement !

— Il n'avait pas à te confier quoi que ce soit, répliqua-t-elle d'un ton léger... Paul, je n'ai pas faim, ajouta-t-elle. Un café me suffisait largement.

— Tu vas déjeuner, ordonna-t-il. Tu n'as pratiquement rien avalé hier soir.

— T'inquièterais-tu pour ma santé, par hasard ? Cela m'étonnerait.

— Je te demande pardon, Vivian. Ce climat me rend irritable, moi aussi.

— Vivian, à ta place, je thésauriserais ces excuses, intervint Carly. C'est un miracle !

Les deux femmes éclatèrent de rire, bientôt rejointes par Paul. Carly et Paul semblaient avoir déjà oublié Gérard Daniels, Vivian se résolut donc à les imiter. Elle ne téléphonerait pas à Simon. L'inconnu avait quitté l'hôtel, elle n'avait donc plus rien à craindre de lui.

Greg Boyd venait d'entrer dans la salle, vêtu d'un costume strict et d'une chemise blanche. Il se dirigea vers leur table pour leur souhaiter un bon appétit.

— Bonjour ! sourit Vivian, avant de lui présenter ses compagnons.

Grey Boyd leur serra la main, puis s'octroya la quatrième chaise autour de la table.

— Je suis libre cet après-midi, Vivian. Le seriez-vous, vous aussi ?

— Posez la question à Paul.

— Alors ?

— Pourquoi pas ? Après treize heures, le soleil est trop fort.

— Que de tact ! lança Carly.

— Tu ne voulais pas que je t'emmène aux Everglades ?

— Si, si ! assura-t-elle en hochant vigoureusement la tête.

— Dans ce cas, tais-toi.

— Ne vous occupez pas d'eux, Greg, conseilla Vivian avec un petit rire. Ils s'adorent.

— Ah ! railla Paul.

— Vous en êtes certaine ? s'enquit Greg, vaguement affolé.

— Oh, oui, ils ont une drôle de façon de le montrer c'est tout... A propos de cet après-midi...

— Venez avec nous ! proposa Paul.

— Ce serait avec grand plaisir, malheureusement je n'ai pas le temps d'aller si loin. Je suis de service à dix-huit heures.

— Les Everglades sont vraiment loin ? marmonna Paul.

— Comptez une heure de trajet dans les deux sens, plus une visite complète d'une durée de deux heures... Sinon, vous ne verrez rien du tout.

— Oh, non ! gémit Paul. J'ai horreur des tours organisés !

— Dans ce cas, louez des bicyclettes, suggéra Greg. Le circuit est d'environ vingt-cinq kilomètres.

— A bicyclette ! s'exclama Carly, en pouffant. Quand t'es-tu appliqué à ce genre d'exercice pour la dernière fois, chéri ?

— Et toi ?

— Moi ? Il y a six mois, pour une publicité.

— Si je ne m'abuse, l'engin était fixé au sol, et tu devais feindre de pédaler. Bon... Nous suivrons le guide.

— L'excursion est sensationnelle, vous verrez, approuva Greg. Mais ne vous attendez pas à voir ce que les films tournés à Hollywood vous ont toujours montré. Tout est plat...

— Ah...

— Sauf certaines parties, la consola Greg. Je tiens à vous prévenir ; ainsi vous ne serez pas trop déçus.

— Tu veux toujours y aller ? s'enquit Paul.

— Je ne sais pas...

— Je ne voulais pas vous décourager, soupira Greg, désolé.

— Mais pas du tout ! s'écria Carly en le gratifiant de son sourire le plus enjôleur. Allons-y, Paul, je donnerai à manger aux alligators.

— D'abord les orques, et maintenant les alligators. Je commence à croire que tu ne m'aimes plus.

— C'est possible, suggéra-t-elle, les yeux pétillants de malice.

— Menteuse !

— Vous êtes incroyables ! s'exclama Greg, ahuri.
Vivian, comment avez-vous envie d'occuper notre après-
midi ?

— Si nous allions à Ocean World ?

— Pourquoi toutes les jolies femmes que j'invite ont-
elles le désir impérieux de visiter Ocean World ?

— Combien de fois y êtes-vous allé ?

— Oh... Cinquante... cette année !

— Mon pauvre vieux ! intervint Paul, compatissant.
Bon, je suis prêt.

— Moi aussi ! A tout de suite Vivian ! conclut Carly en
suivant le photographe de près.

— Je ne voulais pas vous vexer, Vivian, en parlant du
nombre de femmes que j'avais escortées à Ocean World,
murmura-t-il, anxieux de la voir se refermer brusquement sur elle-même.

— Ah non ? Je ne sais pas ce que vous avez entendu
dire à propos des mannequins, Greg, mais la plupart
d'entre nous sommes des femmes acharnées au travail,
dotées d'un fiancé ou d'un mari.

— Vous avez un fiancé ?

— Non. Je suis une exception.

— Ecoutez, j'aimerais être votre ami, Vivian, rien de
plus. Je vous aime bien.

— C'est tout ?

— Croix de bois, croix de fer. Si je mens, je vais en
enfer.

— Bien. Je vous préviens, si vous voulez autre chose
de moi, vous perdez votre temps. Mon fils m'attend en
Angleterre, et je tiens à le regarder droit dans les yeux à
mon retour.

— Je le comprends parfaitement, Vivian. Je le regrette
un peu, naturellement, mais je n'insisterai pas. J'ai tout
de suite su quel genre de femme vous êtes. Et je suis
toujours prêt à vous emmener à Ocean World... Ce ne
sera que la... cinquante et unième fois cette année !

— Formidable ! A quelle heure nous retrouvons-nous ?

— Quatorze heures devant le bureau de réception ?

— D'accord. A présent, je vais travailler.

— Moi aussi.

Carly et Paul étaient dehors, devant la caravane. Paul était visiblement furieux de l'avoir attendue si longtemps, Carly était très intriguée par Greg Boyd.

— Je te connaissais mal, Vivian. Tous ces hommes qui surgissent de nulle part !

— J'ai rencontré Greg hier et...

— Ne te sens pas obligée de m'expliquer. Tu es majeure, après tout. Simplement, je ne t'avais jamais vue auparavant en compagnie d'hommes, et là, deux en deux jours... le choc est rude !

— M. Daniels ne compte pas. Il...

— Ce n'est pas l'impression que j'ai eue, intervint Paul. Il est fou de toi !

— Mais non ! protesta Vivian en rougissant. Il...

— Vivian, rien ne t'oblige à nous en parler, répondit-il d'une voix douce. Nous sommes heureux de te voir enfin revivre. Tu es trop jeune et trop belle pour demeurer seule tout le reste de ta vie.

— Tony a besoin de moi ! se défendit-elle.

— Et toi, de quoi as-tu besoin ?

— Pas de *ça,* en tout cas !

— Vivian, tout le monde a besoin de « ça ». Certaines personnes ont simplement la capacité de refouler leurs sentiments.

— J'appartiens sans doute à cette catégorie.

— Sûrement pas !

— Paul...

— Il te taquine, Vivian.

— Non, Carly, je parle très sérieusement. Nous connaissons suffisamment Vivian pour bavarder en toute franchise.

— Mais tu exagères, je trouve !

— Vivian, qu'en penses-tu ?

— Je comprends ce que vous essayez de me dire, soupira-t-elle, mais pour le moment, Tony passe avant tout dans mon existence.

— Ce n'est pas une raison pour te priver d'un ami.

— Ni Gérard Daniels, ni Greg Boyd ne me conviennent.

— D'accord, d'accord ! conclut Paul avec un haussement d'épaules résigné.

La chaleur était encore plus intense que la veille, et, dès la fin de la séance, Vivian se précipita vers la mer. Elle nagea pendant une dizaine de minutes avant de rejoindre Carly et Paul, qui rangeaient le matériel près de la caravane. Le photographe l'examina de bas en haut d'un œil admiratif.

— Tu ne te trompais guère en affirmant que ces maillots sont d'une qualité médiocre. Il ne s'est pas désintégré, mais il est transparent !

Consternée, écarlate, Vivian saisit son paréo et le noua sur sa hanche.

— J'aurais dû m'en douter ! explosa-t-elle, furieuse.

— Je ne me plains pas, susurra Paul en souriant.

Carly le gratifia d'un coup de poing sur le bras.

— Moi, si. Détourne-toi !

— Rabat-joie ! gémit-il.

— Je vais me changer ! annonça Vivian en se dirigeant d'un pas ferme vers l'hôtel, suivie de près par Carly.

Démaquillées, rhabillées, les deux femmes rejoignirent Paul sur la plage.

— Des grains de sable se sont infiltrés dans mes appareils. Je suis désolé, Carly, mais il n'est plus question d'aller visiter les Everglades cet après-midi. Pourquoi diable Gérard Daniels a-t-il insisté pour faire ces photos ici, au lieu de louer un studio comme d'habitude ? Tout va mal ! La lumière est éblouissante, le vent souffle trop fort... et cette chaleur !

Vivian croyait savoir pourquoi Gérard Daniels leur

avait demandé de se déplacer : il avait trouvé ce prétexte pour la revoir...

— Carly, tu m'accompagnes avec Greg ?

— Non, je vais rester avec Paul.

— Tu en es sûre ? Tu ne veux pas venir ?

— Non, merci, Vivian, tu es gentille.

... Greg se révéla un compagnon fort sympathique. Armé de patience et de bonne humeur, il entraîna Vivian vers le bassin des phoques, puis des requins, et enfin des dauphins, dont ils purent admirer longuement les prouesses.

Ils descendaient les gradins après le spectacle, lorsque la femme précédant Vivian trébucha. Chancelante, elle perdit l'équilibre et chuta trois marches plus bas en lâchant un hurlement de douleur. La petite fille à ses côtés se pencha anxieusement sur elle.

— Ce n'est rien, Vicki, la rassura l'inconnue. Je vais bien.

En deux secondes, Greg et Vivian furent auprès de la blessée, frêle créature aux grands yeux bruns et au visage blême de souffrance.

La petite fille devait avoir entre six et sept ans. Elle avait des longs cheveux noirs, encadrant une figure émaciée, et d'immenses yeux d'un bleu profond. Elle était adorable, et semblait anéantie par l'accident de sa mère. Greg prit la situation en main sans hésiter.

— Votre cheville ?

— Oui, gémit la dame, visiblement affligée.

— Je vous emmène à l'hôpital.

La petite fille se recroquevilla soudain sur elle-même et eut un net mouvement de recul.

— Ce n'est rien, Vicki, insista la femme en s'efforçant de se redresser... Vicki !

— Non, je ne veux pas aller à l'hôpital ! Je n'irai pas !

— Ne t'inquiète pas, chérie, intervint Vivian en se précipitant vers elle. Personne ne te veut du mal.

— A l'hôpital, ils tuent les gens ! hoqueta-t-elle.

Sidérée, Vivian se tourna vers sa mère.

— Pourriez-vous ramener Vicki à l'hôtel? s'enquit cette dernière.

— Eh bien, je...

— Excellente idée, Vivian, interrompit Greg. Occupez-vous de Vicki. Pendant ce temps, je me charge de madame.

C'était de toute évidence la solution la plus logique. Vicki risquait une crise de nerfs si on la forçait à se rendre à l'hôpital.

— Si nous mangions une glace avant de rentrer? lui proposa Vivian, dans le but de l'amadouer.

— Je... je ne sais pas... Fanny?

— Pars avec... c'est Vivian, je crois? Pars avec Vivian, Vicki. M. Boyd va m'emmener voir un médecin.

Vivian plissa le front. Greg les connaissait-il? La femme et la petite fille s'appelaient par leurs prénoms. Peut-être étaient-elles sœurs?

— Elles séjournent à l'hôtel, lui expliqua Greg en voyant sa perplexité. Retournez-y avec Vicki et attendez-nous là-bas.

— Et la glace? réclama Vicki.

— Ah, bien sûr, n'oublions pas la glace! sourit Greg. Mais ne tardez pas trop! A tout à l'heure.

— Mais je...!

Trop tard... Greg avait déjà disparu. Vivian se tourna vers la petite fille en souriant.

— Un chocolat liégeois?

— Mmm! s'exclama la gamine en s'humectant les lèvres d'un air gourmand... Formidable!

Elle avait déjà oublié son désarroi et ses craintes, tandis que Vivian l'entraînait vers un salon de thé. Ayant savouré son goûter, elle poussa un profond soupir de satisfaction.

— Quelle heure est-il, s'il vous plaît?

Vivian réprima un sourire : la fillette se comportait comme un adulte en miniature et était fort touchante.

— Dix-sept heures dix.

— Il faut rentrer, décréta Vicki en se levant. Mon père doit être rentré, il va s'inquiéter de ne pas me voir.

Vivian haussa les sourcils, curieuse, et la prit par la main.

— Tu es ici avec ton papa?

— Oh, oui! Ma maman est... m... morte. Fanny s'occupe de moi.

— Je suis désolée, ma chérie... Mais Fanny est gentille, non?

— Je ne sais pas. Elle n'est pas mon amie depuis longtemps... quelques mois seulement, juste après le départ de ma maman.

Cette douloureuse tragédie était certainement récente, et d'après l'âge de Vicki, Vivian en conclut que sa mère était décédée fort jeune. Elle avait dû succomber à l'hôpital, ce qui expliquait la terreur de la petite fille pour ce genre d'établissement. Pauvre Vicki! Cela devait être pénible pour elle; elle était assez grande pour comprendre ce qui se passait, mais pas pourquoi...

— Tu seras mon amie? s'enquit-elle timidement.

— Bien sûr! la rassura Vivian avec un petit rire, alors qu'elles descendaient du taxi devant l'entrée de l'hôtel. Un lien puissant les unissait déjà... Vicki poussa un hurlement de joie en pénétrant dans le hall et, lâchant la main de la jeune femme, elle se précipita vers un homme qui arpentait la salle de long en large.

— Papa! Papa! s'écria-t-elle avant de se jeter dans ses bras.

Vivian ravala sa salive, puis se recula dans l'ombre. L'homme qui accueillait la petite fille n'était autre que... Gérard Daniels... Vicki était donc sa fillette de huit ans, dont il avait parlé...

Il se redressa, aperçut Vivian, plissa les paupières et, en deux enjambées, fut auprès d'elle.

— Seriez-vous la personne à qui cette idiote a confié ma fille?

Il était blême de fureur.

— Vous... vous êtes toujours là, bredouilla-t-elle, ahurie.

— Evidemment ! répliqua-t-il d'un ton sec. Où pourrais-je être, sinon ici ?

— Mais je... Vous étiez parti pour l'aéroport.

— J'allais chercher Vicki et cette stupide créature... qui sera renvoyée dès qu'elle pourra de nouveau marcher.

— Fanny ? s'enquit Vivian en clignant des yeux.

— Oui.

— Comment va-t-elle ?

— Elle s'est cassé la cheville. Elle va avoir de mes nouvelles ! Abandonner ma fille aux mains d'une parfaite inconnue ! Elle n'a aucun sens de ses responsabilités !

— Mais... Elle souffrait affreusement, c'était visible, elle avait besoin de soins, et Greg...

— Qui est Greg ?

— Le sous-directeur.

— Je n'y comprends plus rien !

— On ne vous a donc pas mis au courant ?

— Si je l'étais, je ne vous poserais pas de questions !

— Naturellement... murmura Vivian, de plus en plus intimidée. Greg et moi venions d'admirer les dauphins d'Ocean World, lorsque Fanny a trébuché. Il l'a emmenée aussitôt à l'hôpital. Je pensais qu'il vous avait téléphoné pour vous prévenir.

— Non, Miss Rogers s'en est chargée : elle m'a dit avoir confié Vicki à une jeune femme qu'elle ne connaissait pas, mais qui avait été témoin de l'accident.

— C'est Vivian, Papa... Elle est très gentille.

Dieu merci, l'un au moins des membres de la famille Daniels prenait sa défense ! Gérard n'était pas prêt à la soutenir ; au contraire, il la considérait comme si elle venait de commettre un crime atroce !

— Fanny... Miss Rogers n'a pas inconsidérément abandonné votre fille, monsieur. Greg l'avait reconnue.

37

Elle a sans doute pensé que je travaillais à l'hôtel, moi aussi.

— Ce qui est faux, bien sûr, puisque vous êtes sa petite amie ! railla-t-il.

— Je suis une amie, corrigea-t-elle avec fermeté.

— C'est mon amie aussi, Papa ! renchérit Vicki.

— Tu les choisis mal !

— Elle serait ton amie, Papa, j'en suis sûre, si tu le lui demandais.

Gérard Daniels contempla sa fille, le regard soudain radouci.

— J'ai déjà formulé cette requête auprès de Vivian, chérie. Elle a refusé.

Vicki réfléchit un instant, le front plissé.

— Tu n'as peut-être pas été assez poli. Si tu lui as fait des grimaces, elle a eu peur.

— Des grimaces ?

— Oui, tu sais... comme ça, expliqua-t-elle en imitant à la perfection son expression de fureur.

Une fois de plus, Vivian se retint de sourire, mais sa bonne résolution se dissipa immédiatement lorsqu'elle vit Gérard Daniels se renfrogner.

— Oui, oui, Papa, comme ça ! s'exclama Vicki avec enthousiasme.

C'en était trop pour Vivian, qui ne put davantage contenir sa gaieté : elle éclata d'un rire perlé.

— Tant mieux si cela vous amuse, madame Dale, rugit Gérard Daniels. Je n'ai pas trouvé drôle du tout d'attendre ici le retour hypothétique de ma fille en compagnie d'une inconnue. J'étais fou d'inquiétude. A présent, dis bonsoir à cette dame, Vicky.

Vivian se raidit, consternée.

— Monsieur Daniels...

— Vicki, dis bonsoir, répéta-t-il d'un ton sans réplique.

— 'Soir, Vivian, bâilla la petite, épuisée par un long voyage... Je te verrai demain ?

— Je... peut-être.

— J'espère, murmura la fillette, déjà gagnée par le sommeil.

Son papa la souleva dans ses bras et disparut dans l'ascenseur. D'après son expression, Vivian comprit qu'il s'arrangerait pour interdire à Vicki de la revoir le lendemain...

De retour dans sa chambre, un long moment plus tard, Vivian se remémora le début de sa conversation avec la petite... Sa maman était décédée récemment... Ce qui impliquait... mais oui, cela signifiait donc que Gérard était marié à l'époque où il prétendait avoir eu une liaison avec elle !

3

Elle rejoignit Carly et Paul dans la salle du restaurant pour le dîner, à contrecœur : elle n'avait pas faim. Cette petite scène avec Gérard Daniels lui avait définitivement coupé l'appétit.

— Que s'est-il passé tout à l'heure, dans le hall ? voulut savoir Carly. J'ai cru que M. Daniels allait t'étrangler !

— Carly ! intervint Paul en fronçant les sourcils. Quand apprendras-tu à te mêler de tes affaires ?

— Jamais, répliqua-t-elle avec un sourire penaud. Je suis une fouine, je n'ai pas peur de l'avouer.

— Vivian, je suis désolé, soupira Paul... Elle est incorrigible !

— Je ne lui en veux pas, répondit-elle avec un sourire indulgent. Je ne vous avais pas vus...

— Nous étions dans le salon. M. Daniels faisait les cent pas, depuis plus d'une heure, ivre de rage, lorsque tu es arrivée. Jamais de ma vie je n'ai vu quelqu'un dans cet état ! Il semblait prêt à exploser !

Vivian leur narra l'incident sans omettre un détail : c'était la moindre des politesses. Les conséquences risquaient d'être graves quant à la suite de leur engagement... Carly émit un sifflement discret.

— C'était donc sa fille ?

— Oui. Elle est mignonne, un peu petite pour ses huit ans, mais jolie et surtout très vive.

— Il semble fort attaché à elle.

— Sans doute, approuva Vivian en dépliant nerveusement sa serviette de table. Vicki, elle, l'adore.

— C'est dur pour une enfant de cet âge de perdre sa maman, constata Paul.

— J'espère qu'elle saura se débrouiller, maintenant que sa compagne est blessée.

— C'est le problème de Daniels ! éluda Paul.

Il avait raison. D'ailleurs, Gérard Daniels en voudrait certainement à Vivian d'intervenir. Cependant, elle ne pouvait s'empêcher de s'inquiéter... et, après tout, qu'avait-elle à perdre ? Rien. Gérard Daniels était déjà fâché contre elle, pourquoi ne pas le pousser à bout ? Paul l'examinait avec une attention soutenue.

— Tu viens de prendre une décision importante ?

— Absolument, répondit-elle avec un sourire.

— Mais c'est un secret, c'est cela ?

— Exact.

— Mmm ! Passionnant ! lança Carly.

— Cela ne nous regarde pas, chérie !

— Rabat-joie ! grimaça-t-elle.

Greg les rejoignit peu après dans le salon, où ils prenaient le café.

— Je ne m'attarde pas, je suis en service. Je ne peux pas me permettre la moindre incartade, après la sévère réprimande que j'ai subie tout à l'heure de la part de M. Daniels. Il n'a pas mâché ses mots !

— A propos de sa fille... soupira Vivian.

— Oui. Vous aussi ?

— Oui, admit-elle.

— Il était ivre de rage.

— Je sais. Comment se porte Miss Rogers ?

— Elle va rester à l'hôpital quelques jours.

— La pauvre !

— Oui... Elles sont arrivées ce matin, soupira Greg. Il

aurait mieux valu que j'appelle M. Daniels moi-même, mais Fanny a tenu à s'en charger. Elle était sous le choc, elle a dû lui bredouiller une histoire rocambolesque, si j'en juge par la réaction de Daniels ce soir. Un peu plus, et c'est moi qui avais poussé cette femme dans l'escalier !

— Vous avez de la chance : il ne vous accuse pas d'avoir voulu kidnapper sa fille !

— Si je comprends bien, il vous soupçonne d'avoir eu cette intention... C'est curieux, en général Gérard est un homme sympathique et indulgent... Bon, je vous abandonne, j'ai du travail !

— Je monte me coucher, annonça Vivian en se levant avec lui. L'air de la mer m'épuise.

— La brise est fatigante, c'est vrai. Je vous accompagne, je devais justement me rendre au neuvième étage.

Vivian rougit, puis souhaita une bonne nuit à ses amis avant de s'éloigner, tête haute.

— Vous deviez vraiment monter ? s'enquit-elle dans l'ascenseur.

— Oui... J'ai reçu une plainte d'un client logeant à cet étage, à deux portes de chez vous. Je dois essayer de le calmer... sérieusement, Vivian !

— Je suis désolée, je m'énerve pour rien.

— Croyez-moi, si j'avais du temps...

— Oh, Greg, vous gâchez tout ! s'exclama-t-elle en riant. Je commençais à avoir confiance en vous !

— Je vous conseille de rester sur vos gardes. Je suis un homme...

— Auriez-vous l'intention de me séduire, par hasard ? s'esclaffa-t-elle en sortant dans le couloir.

— Bonsoir, madame Dale, bonsoir, Boyd.

Vivian devint pâle comme un linge.

— Monsieur Daniels... Vous souhaitiez me parler ?

— C'était mon intention, en effet, mais je vois que vous êtes occupée.

— Je... euh... Non, non, pas du tout. Greg s'apprêtait à me laisser. N'est-ce pas, Greg ?

— Je... oui, évidemment ! balbutia ce dernier.

Oubliant d'un seul coup la raison pour laquelle il était monté jusque-là, il se précipita dans l'ascenseur.

Les portes se refermèrent doucement, laissant Vivian et Gérard l'un en face de l'autre. Elle s'humecta les lèvres, tout en remarquant involontairement combien il était beau.

— Je tiens à vous préciser que Greg...

— Ce qui se passe dans votre chambre avec l'un de mes employés m'est indifférent, trancha-t-il... A moins que M. Boyd ne soit en service ?

— Eh bien, il...

— Répondez-moi franchement !

— Oui, mais...

— Dans ce cas, je m'occuperai de lui plus tard.

— Ecoutez, monsieur Daniels, vous vous trompez, je...

Les mots moururent sur ces lèvres : quelqu'un sortait d'une chambre au bout du corridor.

— Nous pourrions peut-être discuter de tout ceci chez moi ? reprit-elle.

Une lueur spéculative vacilla dans les yeux bleus de Gérard.

— Si vous voulez, oui...

— Je propose simplement d'éclaircir la situation, monsieur, marmonna-t-elle entre ses dents, exaspérée, tout en tournant la clé dans la serrure.

Elle alluma la lampe de chevet, se dirigea vers la fenêtre pour l'ouvrir en grand. En se retournant, elle découvrit que Gérard Daniels s'était approprié un fauteuil.

— Je vous en prie, faites comme chez vous.

— Je suis chez moi, riposta-t-il.

— Dans ce cas..., balbutia-t-elle, cramoisie.

— Vous disiez ?

— Je... Greg n'était pas vraiment avec moi. Il montait voir un de mes voisins.

— Il est pourtant redescendu dès mon apparition.

— Je sais bien... Il... Vous l'avez effrayé.

— Tout est donc ma faute !

— Pourquoi teniez-vous à me voir, monsieur ?

En l'espace d'un éclair, il fut debout. Il la saisit violemment par les épaules.

— Je vous interdis de m'appeler « monsieur Daniels » ! Si vous osez recommencer, je vous étrangle !

— Vous...

— Oui, poursuivit-il entre ses dents, ses mains glissant lentement vers le cou de la jeune femme. Vous me provoquez, avec vos « monsieur Daniels » !

— Je ne recommencerai plus, promit-elle.

Sauvagement, il resserra son étreinte et l'attira tout contre lui. Sa bouche réclama la sienne...

— Mon Dieu, Vivian, gémit-il... Je vais vous obliger à avouer que vous vous souvenez de moi.

— Mais je...

Il la souleva de terre d'un mouvement preste et alla la déposer sur le lit, puis il s'allongea à ses côtés.

— Détendez-vous, Vivian, l'encouragea-t-il avec un sourire étrange... Pensez à l'Angleterre...

L'Angleterre ! Juste ciel, oui, l'Angleterre... et Tony ! Elle se débattit, retrouvant subitement toute son énergie, mais Gérard était le plus fort... Elle ne pouvait qu'accepter, subir ses caresses et l'ardeur de son baiser.

Elle sentit la fermeture à glissière de sa robe descendre le long de son dos... L'étoffe souple tombait sur ses épaules... Du bout des doigts, Gérard effleura la naissance de sa gorge... et l'envie de Vivian de lui échapper se dissipa.

La tête rejetée en arrière, elle émit un gémissement de plaisir.

— Vous vous rappelez tout, à présent... ?

Le visage de la jeune femme se crispa de douleur et de confusion.

— Non, murmura-t-elle, tout en sachant qu'elle ne disait pas toute la vérité.

Car elle sentait qu'elle avait un jour été embrassée de cette manière. Mais quand… ?

— Peut-être pourriez-vous m'expliquer…

— Je vous le démontre, répliqua-t-il en s'éloignant d'un mouvement brusque pour la jauger avec mépris. Au fond, mieux vaut que votre mari soit mort. Vous n'avez probablement aucun souvenir de la façon dont il vous caressait.

Vivian blêmit. Gérard Daniels avait raison : elle ne se rappelait rien de leurs étreintes ! Cependant, il n'était au courant de rien, il ne pouvait même pas imaginer comment tant d'événements importants avaient pu échapper à sa mémoire ! Elle se mordit la lèvre.

— Je vous en supplie, laissez-moi une chance de vous raconter…

— Il n'y a rien à raconter, coupa-t-il avec dureté. Une fois de plus, vous m'avez attiré vers votre lit…

Indignée, elle se redressa.

— Moi ? Moi, je vous ai séduit ? Quel aplomb !

— C'est la raison pour laquelle je vais sortir d'ici sans tarder, poursuivit-il.

Vivian plissa le front tandis qu'il se dirigeait vers la porte.

— C'est… C'est pour cela que vous étiez descendu me voir ? hoqueta-t-elle, au bord des larmes.

Il eut un sourire empreint d'ironie.

— Non. Croyez-le ou non, j'étais venu m'excuser : Vicki m'assure que je vous ai réellement effrayée, avec mes « grimaces ».

Penser à la petite fille étouffa le désespoir de Vivian, et son regard s'illumina.

— Comment va-t-elle ?

— Elle dort. Je devrais sans doute vous demander pardon pour ce qui vient de se produire à l'instant, mais j'en ai savouré chaque instant. Exprimer des regrets

46

serait très hypocrite de ma part. Vous êtes plus belle que jamais, Vivian. Après tout ce temps, je craignais de m'être épris d'un rêve... Je... C'est dommage que vous ne m'aimiez plus, Vivian, conclut-il, très bas, en refermant la porte derrière lui.

Elle s'effondra sur son lit, les yeux fixés sur le plafond, encore tremblante d'émotion. D'une main, elle repoussa la mèche de cheveux tombée sur son front. Elle avait mal... Elle se languissait de... de...

Subitement, elle sauta à terre, chassant de son esprit ces pensées tumultueuses; son corps, tous ses sens étaient en éveil...

Tant pis, ils attendraient... toujours. Gérard Daniels l'avait prise de court, tout à l'heure, elle avait réagi malgré elle, mais ce genre de scène ne se reproduirait plus. Plus jamais !

Elle sortit sur son balcon, d'où elle pouvait admirer un panorama spectaculaire... L'océan était magnifique, sombre et mystérieux sous les rayons de lune argentés qui accentuaient les reliefs des crêtes mousseuses couronnant les vagues. Les palmiers se balançaient tranquillement au gré de la brise. L'air était encore chaud, en dépit de l'heure avancée dans la nuit.

Ce qui venait de se passer entre Vivian et Gérard Daniels n'avait aucune signification... Du moins, aucune signification profonde, sentimentale. Elle avait succombé à son étreinte comme toute jeune femme saine et vive, répondant à un besoin naturel dont elle était privée depuis la mort de son cher Anthony. Jusque-là, elle avait toujours nié l'existence de telles passions physiques.

Et pourquoi ? N'était-elle pas jeune et jolie ? Elle avait vingt-deux ans, pas quatre-vingts, elle voulait aimer et être aimée, comme toutes les autres ! Paul avait essayé de le lui démontrer un peu plus tôt, mais elle avait refusé de l'écouter. Elle avait dû lui paraître ridicule lorsqu'en guise de riposte, elle avait brandi ses responsabilités envers son fils, Tony ! Cela ne suffisait pas, dans une vie ;

elle ne pouvait se contenter d'être une bonne mère, elle éprouvait aussi le besoin d'être une épouse. Malheureusement, Gérard Daniels ne pourrait jamais remplir le rôle du mari... Le passé les dominait tous les deux, telle une ombre menaçante.

Elle poussa un soupir de désespoir, revint dans sa chambre, ferma la fenêtre... Il était temps de se coucher. Elle allait prendre une douche, se rafraîchir, elle devait à tout prix se calmer !

Elle finit par s'endormir, après avoir revécu en détail sa brève entrevue avec Gérard Daniels. Elle avait encore le goût de ses baisers sur ses lèvres, elle sentait ses doigts effleurant doucement, voluptueusement, la courbe de ses épaules nues... Elle sombra enfin dans un sommeil peuplé de rêves merveilleux... Lorsque la sonnerie du téléphone retentit, elle décrocha le combiné sans hésiter ; elle ne fut ni étonnée ni désemparée de reconnaître la voix de Gérard.

— Bonjour, chéri, murmura-t-elle d'une voix langoureuse.

— Chéri ? répéta-t-il, ahuri. Ici Gérard.

— Oui, je sais...

— Vivian ! Vivian, vous êtes bien réveillée ?

Le brouillard obscurcissant son cerveau se dissipa tout d'un coup, et elle comprit enfin qu'elle parlait avec Gérard Daniels...

— Vous... Quelle heure est-il ?

— Trois heures du matin, grommela-t-il. Vous faisiez de beaux rêves ?

— Oui. Je veux dire... Mais non, je ne rêvais pas, protesta-t-elle avec véhémence.

— Je n'en crois pas un mot... Vivian, j'ai besoin de vous.

Elle ravala sa salive, submergée d'appréhension.

— Je vous demande pardon ?

— Ce n'est pas pour moi, mais pour Vicki, reprit-il. Elle est au bord de l'hystérie. Elle s'est réveillée en

48

hurlant. A présent, elle ne cesse de pleurer et de vous appeler.

— Moi ? Mais, je...

— Elle vous demande, Vivian.

— Bien sûr. J'arrive tout de suite, promit-elle en se glissant vivement hors de son lit.

Au moment où elle s'apprêtait à raccrocher, elle perçut de nouveau la voix de Gérard.

— Vivian ! Prenez le temps de vous habiller, voulez-vous... ? suggéra-t-il d'un ton suave.

— Que croyez-vous ?

— Je tiens simplement à vous préciser que vous venez au secours de ma fille, et non au mien.

— Comment aurais-je pu vous aider... ? Oh ! s'écria-t-elle, furieuse, en replaçant d'un geste brutal le combiné.

Le moment était venu d'établir un barrage entre les problèmes immédiats à affronter et les tergiversations d'ordre personnel. Seule, Vicki comptait, seule la petite devait les préoccuper.

Vivian ne savait pas encore qu'elle regretterait de s'être attachée si vite à la fillette. Si elle avait pu deviner ce qui se passerait ensuite, elle aurait sans aucun doute refusé de répondre à ce premier cri de désespoir...

En pénétrant dans sa chambre, Vivian découvrit une frêle créature vêtue d'une chemise de nuit à fleurs, les cheveux éparpillés sur l'oreiller. Son visage était rouge et gonflé, mais elle était calme, à présent... Elle regardait droit devant elle. Vivian fronça les sourcils et se pencha vers Gérard.

— Que s'est-il passé ?

Il était fort pâle, visiblement anéanti.

— Dès que je vous ai eue au téléphone, elle s'est plongée dans cet état de léthargie complète.

Il passa une main dans ses cheveux hirsutes. Il avait dû se rhabiller rapidement pour l'accueillir, car sa chemise, vaguement rentrée dans son pantalon, n'était pas boutonnée. Vivian se détourna imperceptiblement, troublée.

— Elle a déjà eu des crises comme celle-ci ?

— Pas depuis la mort de ma femme.

— C'est parce qu'on a parlé d'hôpital devant elle, soupira Vivian.

— D'hôpital ?

— Oui. Greg a emmené Miss Rogers à la clinique. Cette perspective semblait bouleverser Vicki ; c'est pourquoi je lui ai promis une glace au salon de thé avant de la ramener ici.

Elle passa devant lui et s'approcha du lit.

— Vicki ?

Deux yeux bleus douloureux se posèrent sur elle, puis la minuscule silhouette se jeta dans ses bras.

— Vivian ! sanglota l'enfant. Oh, Vivian, je pensais que tu ne viendrais jamais ! Je pensais que tu étais partie, comme Fanny, comme… comme ma maman !

— Fanny n'est pas loin, ma chérie, la réconforta Vivian en caressant doucement son front brûlant. Elle va guérir très vite. Et ta maman a été obligée de s'en aller. Cela peut arriver à toutes les mamans, tu sais.

Elle s'assit sur une chaise et prit la petite sur ses genoux.

— Mais pourquoi ?

Vivian observa Gérard à la dérobée, et un élan de pitié la submergea : comme il devait souffrir ! La fillette semblait s'être calmée. Vivian se mordit la lèvre, indécise, ne sachant quels mots employer.

— Ta maman était très malade, elle souffrait, elle avait mal… Tu… tu ne voulais plus qu'elle ait mal, n'est-ce pas ?

— Non…

— A présent, elle est soulagée.

— Mais elle est partie !

— C'est vrai, chérie, cependant elle t'a laissé ton papa, et ton papa t'aime beaucoup.

Vicki opina, les paupières lourdes de fatigue, avant d'accrocher un bras autour du cou de son amie.

— Moi aussi, j'aime Papa. Et je t'aime, toi. Tu ne t'en iras pas, dis, Vivian ?

— Non, chérie. Je resterai ici jusqu'à ce que tu dormes.

— Je veux dire... tu ne t'en iras plus jamais !

D'un regard, Vivian appela Gérard au secours. Elle éprouva un vif sentiment de soulagement lorsqu'il vint s'accroupir à la hauteur de sa fille.

— Vicki, Vivian a un petit garçon chez elle.

Vicki écarquilla ses immenses yeux bleus, si semblables à ceux de son père.

— C'est vrai ?

— Oui, affirma-t-il. Il est encore bébé, il a besoin d'elle plus que toi.

— Ah.

— Tu comprends, Vicki ? s'enquit-il avec un sourire attendri.

— Je... je crois.

Vivian se leva pour déposer la petite sur son lit.

— Je ne bougerai pas tant que tu ne seras pas endormie, lui promit-elle en lui serrant la main pour la réconforter... Gérard, pourquoi ne pas retourner dans le salon ? Je m'occupe de Vicki.

— Vous avez raison, admit-il avant de s'avancer pour embrasser affectueusement la fillette sur la joue... Bonne nuit, ma chérie.

— Bonne nuit, Papa... Pardon, si je n'ai pas été très sage.

— Je ne t'en veux pas.

— Mais à cause de moi, tu as dû réveiller Vivian et...

— Ce n'est rien... A présent, dors.

Elle se détendit et plongea dans un sommeil profond, avant même d'avoir détaché ses bras agrippés autour du cou de son père. Il borda les couvertures, tout en la contemplant d'un air hagard.

— Ça va aller, à votre avis ? demanda Vivian lorsqu'ils se retrouvèrent au salon.

— Je l'espère, soupira-t-il en se versant une rasade de whisky... Vous en voulez ?

— Non, merci.

Gérard avala son alcool d'un trait avant de se laisser tomber dans un fauteuil.

— Jamais elle n'a été dans un état pareil depuis la mort de sa mère. Ah ! Cette Miss Rogers va avoir de mes nouvelles !

— Ce n'est tout de même pas sa faute si elle est blessée.

— Non, évidemment...

— Bon, je vais redescendre.

— Non ! s'écria-t-il... Restez un peu avec moi.

Il semblait épuisé, malade, il était blême, des rides de lassitude s'étaient creusées au coin de ses yeux. Le cœur de Vivian se serra.

— Quelques minutes seulement, accepta-t-elle à voix basse, comprenant sa peur de la solitude.

— Vous ne voulez rien boire, vous en êtes certaine ? lui demanda-t-il au bout de quelques minutes d'un silence amical.

— Absolument certaine. Enfin, j'aurais volontiers pris un café, mais... je m'en passerai.

— Il n'en est pas question ! Venez par ici, ordonna-t-il en l'entraînant vers une cuisine... Là... Servez-vous.

— Excusez-moi, je pensais que vous étiez obligé de le faire monter, expliqua-t-elle, rougissante, en branchant la cafetière électrique.

Gérard remplit de nouveau son verre, la bouche tordue en un drôle de sourire.

— Ce que vous n'auriez jamais osé exiger, de peur d'éveiller la curiosité des membres de mon personnel !

Elle examina longuement ses mains.

— C'est exact.

— Cette cuisine existe depuis peu, Viviane. Autrefois, si vous vous en souvenez bien, c'était une chambre.

Elle baissa la tête, atterrée.

— Moi, je devrais me rappeler une chambre?

— Ah? Parce que ça aussi, vous l'avez « oublié »? railla-t-il, lèvres pincées.

— Je... je suis déjà venue ici?

Jamais de sa vie elle ne s'était sentie à ce point désemparée, perdue, vulnérable, pas même le jour de la mort d'Anthony!

Gérard tourna les talons et sortit; Vivian le suivit, oubliant le café, admirant cet appartement d'un regard neuf.

— Vous feriez mieux de partir, Vivian, avant que je n'explose.

— Je voudrais vous expliquer...

— M'expliquer quoi, pour l'amour du ciel! rugit-il. Que vous avez choisi de m'effacer de votre vie dès que votre avocat vous a glissé une bague à l'annulaire gauche? Je me rends compte à présent que notre aventure n'a rien signifié pour vous. Ce fut un interlude plaisant, c'est tout. Comme la plupart des jeunes fiancées, vous avez tenu à prendre un amant avant votre mariage... J'avais trente-sept ans à l'époque, j'aurais pu avoir l'intelligence de m'apercevoir qu'une fille de vingt ans ne pouvait en aucun cas être sérieuse avec moi!

Il plaisantait! Un homme comme lui attirerait les femmes de tous âges, même à soixante-dix ans! Il serait toujours beau et séduisant.

— Monsieur... Gérard, reprit-elle vivement en s'humectant les lèvres, je vais vous dire pourquoi tout ce que vous me rapportez à propos de notre passé me semble si mystérieux, annonça-t-elle d'un ton ferme.

— C'est curieux, intervint-il sèchement, vous n'avez rien d'un mystère pour moi.

Elle le fusilla du regard.

— Voulez-vous m'écouter une fois pour toutes? cria-t-elle.

Il l'entendrait jusqu'au bout, dût-elle y passer la nuit!

— Allez-y, soupira-t-il, avant de se caler dans son fauteuil, paupières closes.

— Vous m'écoutez, oui ou non ? insista-t-elle.

S'il osait s'endormir... !

— Je suis toute ouïe.

Elle exhala un soupir d'exaspération. Comment pouvait-elle s'adresser à un homme à moitié endormi ?

— Gérard...

— D'accord, d'accord, grommela-t-il en se redressant...

Au risque de l'ennuyer à mourir, elle lui narra tous les drames de cette année-là, par bribes hachées tout d'abord, puis en un flot ininterrompu. Il avait plissé les yeux, attentif.

— Et voilà, conclut-elle avec un haussement d'épaules désabusé. D'après les médecins, je recouvrerai peut-être un jour la mémoire ; mais je risque aussi de ne jamais retrouver mes souvenirs.

Gérard ne dit rien. Les secondes se succédaient, se transformant en longues minutes d'un silence oppressant. Son regard devenait de plus en plus métallique. Il finit par se lever, avec sur son visage un masque hostile, menaçant.

— Très pratique, susurra-t-il sans dissimuler son mépris. Vous savez, si j'avais eu envie de lire un conte de fées, je me serais contenté d'un des livres de Vicki. A présent, si cela ne vous ennuie pas trop, j'aimerais dormir quelques heures.

Il lui tourna le dos. Vivian ne put contenir son désarroi.

— Vous ne me croyez pas, gémit-elle, la gorge serrée.

Lui seul, en dehors des membres de sa famille, était au courant de son secret, et il n'en croyait pas un mot ! Il se tourna vers elle, dédaigneux.

— Aurais-je dû vous croire ? Voyons, Vivian, ne jouez pas les innocentes. Cette histoire est digne d'un feuilleton de mauvaise qualité !

— Mais c'est la vérité !

— La vérité telle que vous aimeriez la voir, sans doute. Votre mariage avec Anthony Dale a-t-il été un échec à ce point retentissant ?

Elle tressaillit, comme s'il l'avait giflée.

— Mon mariage n'a pas été un échec ! se défendit-elle.

— Tiens ! Il me semblait que vous n'en aviez aucun souvenir. C'est ce que vous venez d'affirmer, non ?

— C'est exact.

— Comment savez-vous que votre couple était uni, alors ?

— Mon frère...

— Ah, oui, Simon.

— Vous... vous connaissez mon frère ?

— Je sais seulement ce que vous m'avez dit de lui.

— Je vous ai parlé de lui ?

— Oui, et de sa femme, Janice.

— Eh bien !... Simon m'a assuré que j'étais heureuse avec Anthony !

— Comment le saurait-il ?

— C'était évident pour tout le monde !

— Vous m'étonnez.

— J'étais heureuse avec lui ! insista-t-elle, obstinée. Nous... Tony est la preuve vivante de notre bonheur.

— Et moi, j'ai Vicki... Seulement voilà, nous savons tous deux que je n'ai jamais été heureux avec mon épouse.

— Vous ne l'étiez pas ?

— Vivian, pour l'amour de Dieu, cette mascarade a assez duré ! Vous m'avez démontré clairement que je ne vous intéresse plus. Il est inutile, pour l'un comme pour l'autre, de faire semblant...

— J'aimais Anthony !

— C'est faux !

— Si ! Si !

— Comme une enfant aime un ami, comme une sœur aime son frère aîné, c'est tout... Mais tout cela est du passé, Vivian, le rêve s'est effondré. Vous n'êtes plus celle dont j'étais si follement épris, il y a deux ans. Celle-là était trop intègre pour oser inventer une histoire pareille. Celle-là n'aurait pas cherché à se disculper d'avoir passé une semaine entière avec moi, ici même, dans cet appartement. Non... Vous avez changé. L'autre, l'ancienne Vivian avait du courage, de l'audace.

Cette dernière insulte ne l'atteignit pas : elle ravala sa salive.

— J'ai passé toute une semaine avec vous ? balbutia-t-elle.

— Oui.

Juste ciel ! C'était de plus en plus compliqué ! Lorsque Gérard avait prétendu qu'ils avaient été amants, Vivian avait imaginé une soirée... comme ça... un coup de tête... Mais une semaine ! Non, ce n'était pas possible.

— Je... je ne sais plus quoi dire, murmura-t-elle, hébétée.

— Surtout ne dites rien ! riposta-t-il durement. Je vous prie de ne plus jamais me répéter ces balivernes. Si vous préférez oublier tout ce qui s'est passé entre nous, n'en parlons plus.

— Gérard, je...

— Bonne nuit, Vivian. Merci d'être montée m'aider. Je ne vous dérangerai plus.

— Et si Vicki avait de nouveau besoin de moi ?

— Nous envisagerons ce problème le moment venu.

Vivian s'enfuit en courant, aveuglée par les larmes. Voilà, elle avait dit toute la vérité à Gérard, il avait refusé de la croire ! Elle ne pouvait plus rien faire, sinon s'endormir en pleurant. Un douloureux sanglot la secoua.

4

Vivian dormit fort tard, le lendemain matin : elle se réveilla en sursaut à dix heures, en se demandant pourquoi ni Carly ni Paul n'étaient venus frapper à sa porte. Elle découvrit bientôt les raisons de leur discrétion !

— Daniels m'a appelé à l'aube, marmonna Paul, alors qu'elle rejoignait ses amis au bord de la piscine. Il a expliqué que tu étais restée chez lui jusqu'à quatre heures et demie du matin et que tu avais besoin de repos.

Vivian sentit un flot de rouge lui monter aux joues.

— T'a-t-il précisé pourquoi j'étais là-haut, au milieu de la nuit ?

— Non, et je ne lui ai posé aucune question, répliqua Paul avec un sourire moqueur.

— J'ai dû réconforter la petite Vicki ! se défendit-elle, indignée et furieuse contre Gérard pour l'avoir mise dans une situation aussi embarrassante... exprès !

— Bien sûr ! acquiesça Paul en hochant la tête avec vigueur.

— C'est vrai !

— Oui, d'accord !

— Je n'aime pas la façon dont tu réponds !

— Franchement, Vivian, ton prétexte manque d'originalité, gloussa Carly. Cette gamine devait être couchée depuis des heures !

— C'est exact, cependant elle s'était réveillée en me réclamant à son chevet. Elle... elle semble s'être terriblement attachée à moi.

— Comme son père, intervint Paul d'un ton taquin. Bon, bon, j'ai compris ! Inutile de te mettre dans un état pareil pour si peu, Vivian ! Ainsi Gérard Daniels n'a même pas osé te prendre la main hier soir ?

Elle devint écarlate au souvenir de leur baiser ardent et passionné. Paul la dévisagea attentivement.

— Réflexion faite, il a dû te prendre la main, et ce n'est pas tout... si j'en juge par ton expression.

— Paul...

— Paul, tu la gênes, une fois de plus. Allons nous baigner. Pendant ce temps, elle pourra reprendre ses esprits.

— Je rentre, annonça Vivian d'une voix empreinte de colère. Nous ne travaillons pas aujourd'hui, je suppose ?

— Non, répondit Paul en se levant. D'ailleurs, nous avons presque fini.

— C'est-à-dire que nous pourrons bientôt prendre l'avion pour l'Angleterre ? s'enquit Vivian, gonflée d'espoir.

— Nous avons des places pour dans deux jours.

— Tant mieux ! s'exclama-t-elle, sans prendre la peine de dissimuler sa joie et sa satisfaction.

— Ton petit Tony te manque, n'est-ce pas ? soupira Carly, compatissante.

— Oh, oui... Bien... Je vais prendre mon petit déjeuner.

— La prochaine fois, je demanderai à Daniels de te le faire monter. C'est la coutume, en général, plaisanta Paul.

Pour toute réponse, elle le poussa dans le bassin et demeura là, pour mieux le voir lorsqu'il émergerait de l'eau en s'ébrouant.

— Bravo! s'esclaffa Carly avant d'exécuter un plongeon impeccable.

Vivian souriait encore en songeant à cette scène lorsqu'on lui apporta son café et ses toasts. Son visage s'illumina quand Greg vint se joindre à elle quelques instants plus tard. Il prit une chaise et s'assit en face d'elle.

— Ça alors! Vous êtes encore en un seul morceau!

— Eh, oui, assura-t-elle avec un petit rire. Et vous?

— Oh, moi... ça peut aller.

— Je suis désolée.

— Ce n'était pas votre faute, Vivian, soupira-t-il en effleurant gentiment sa main.

Si, justement. Si Gérard n'avait pas tenu à la voir, s'il n'était pas descendu à cet instant précis, il n'aurait jamais surpris Greg en sa compagnie à la sortie de l'ascenseur. Cependant, Greg ne semblait pas lui en vouloir : la meilleure solution était donc d'oublier l'incident.

— Vous avez pu régler le problème du client récalcitrant?

Il eut un sourire penaud.

— Euh... Oui... Après avoir reçu une plainte pour n'avoir pas répondu à la première.

— Mon Dieu!

Vivian éclata d'un rire joyeux... qui se figea aussitôt. Gérard Daniels et Vicki se tenaient à l'entrée de la salle à manger.

— Vous êtes en service, Greg? s'enquit-elle à voix basse.

— Oui, pourquoi?... Oh, non, gémit-il en apercevant son patron...

Il enfouit sa tête dans ses mains. Vivian comprenait parfaitement son désarroi.

— Si vous vous leviez comme si de rien n'était, il vous épargnerait peut-être de nouveaux reproches, suggéra-t-elle. Après tout, votre rôle, c'est de veiller au bien-être de tous les clients.

— Mais pas de me consacrer à une personne en particulier, grimaça-t-il... Enfin ! Allons-y, nous verrons bien !

Il se leva, s'inclina cérémonieusement :

— Monsieur...

— Boyd...

Vivian se décontracta : Greg avait réussi à s'esquiver sans recevoir une pluie d'insultes. Elle se concentra de nouveau sur son petit déjeuner, tout en étant consciente du trouble immense qui s'emparait d'elle.

— Je peux lui demander maintenant, Papa ?

— Vicki, je t'ai déjà dit...

— Oh, Papa, s'il te plaît !

Vivian ne savait pas ce que pouvait souhaiter la petite fille avec tant d'ardeur, mais elle se doutait que ni son père ni elle ne résisteraient longtemps à sa requête...

— Bien, murmura-t-il. Mais je t'interdis de faire pression sur elle...

Vicki se jeta vers Vivian et se tint devant elle en sautillant d'un pied sur l'autre. Toute trace de sa détresse de la veille s'était dissipée.

— Bonjour, Vicki.

— Bonjour, chuchota-t-elle, soudain intimidée.

— Tu veux t'asseoir avec moi ?

Un frémissement imperceptible la parcourut. Gérard Daniels n'était pas loin... Il se rapprochait même... Il était maintenant debout derrière sa fille. La désapprobation se lisait dans ses yeux bleus. Vivian eut un sursaut de colère... Pour qui se prenait-il ?

— Papa et moi avons déjeuné en haut, annonça Vicki avec le plus grand sérieux.

— Tu ne veux pas un jus d'orange ?

— Oh, si, je veux bien ! S'il te plaît...

Vivian saisit la carafe et fixa Gérard d'un air décidé.

— Vous en prendrez aussi ?

— Non, merci, déclara-t-il, les dents serrées.

— Asseyez-vous, je vous en prie ! suggéra-t-elle, résolue à ne pas se laisser impressionner par son comportement dédaigneux.

— Non...

— Oh, Papa, assieds-toi ! Je n'ai pas encore demandé à Vivian, et d'ailleurs, j'ai besoin d'un peu de temps pour boire mon jus de fruits.

Il s'exécuta à contrecœur, visiblement courroucé. Sa jambe effleura légèrement celle de Vivian dans son mouvement, et un tressaillement la parcourut... Elle regrettait d'avoir mis ce short et ce tee-shirt décolleté en prévision de la grande chaleur... Elle se sentait étrangement démunie dans cette tenue, auprès de lui... Ignorant délibérément Gérard, elle se tourna vers sa fille.

— Qu'avais-tu à me demander, chérie ?

La fillette posa son verre vide.

— Je... nous... Papa... supplia-t-elle, à court de mots.

— L'idée est de toi, Vicki, répliqua-t-il, sévère.

— Oui, papa, mais... Oh !...

— Bien, soupira-t-il, vaincu. Vicki et moi allons à Orlando cet après-midi.

Vivian plissa le front.

— Oui ?

— Tu veux venir avec nous ?

— Oh, non, non, je...

— S'il te plaît ! gémit Vicki. Ce sera si amusant !

Vivian chercha un secours quelconque dans le regard de Gérard, mais il demeurait impassible. Il refusait d'intervenir : sans doute voulait-il éviter les reproches ultérieurs de la petite... Vivian ne pouvait guère lui en vouloir.

Pourtant, il savait qu'elle ne les accompagnerait pas ! Il n'aurait pas dû permettre à Vicki de l'inviter !

— Malheureusement, c'est impossible, Vicki. Je suis ici pour travailler, et...

— Mais tu travailles pour mon papa ! protesta l'enfant en clignant des paupières afin de retenir ses larmes de déception. Papa, tu peux donner tu temps libre à Vivian, n'est-ce pas ?

— Je ne pense pas qu'elle veuille...

— Ce n'est pas cela, interrompit Vivian en lui adressant un regard furibond... Essaie de comprendre, Vicki. Je suis venue ici poser pour des photos. Si nous n'avons pas terminé à temps, je raterai mon avion après-demain. Et mon petit garçon m'attend à la maison. Je ne peux pas le décevoir, Vicki !

Un cri déchira le silence, et la petite fille s'enfuit en courant. Vivian se leva.

— Vicki !

— Elle n'ira pas loin, ne vous inquiétez pas, marmonna Gérard.

— Mais je...

— Ne vous occupez pas d'elle, Vivian.

— Je ne peux pas l'abandonner ainsi !

— Qu'avez-vous à proposer comme solution ?

— Eh bien je... je...

— Allez-vous accepter de venir à Disneyworld avec nous ?

— Vous savez pertinemment que c'est impossible.

— Dans ce cas, laissez-la tranquille.

— Je ne peux pas y aller à cause de...

— Paul me dit qu'il n'a plus vraiment besoin de vous. Le reste des photos, il s'en chargera à Londres, en studio.

— Vous lui avez posé la question ? s'écria-t-elle.

— Il me l'a avoué, comme ça, au cours de la conversation.

— Conversation pendant laquelle vous avez insinué que j'avais passé la nuit avec vous, je suppose ?

— Moi ? J'ai sous-entendu cela ?

— Vous le savez ! accusa-t-elle. Carly et Paul sont tous deux persuadés que j'ai dormi chez vous hier soir.

— Ils se trompent.

— C'est évident, mais...

— Dans ce cas, cessez donc de prendre ces airs scandalisés !... A présent, je vais retrouver Vicki.

— Vous êtes sûr que Paul n'a plus besoin de moi ?

— Oui.

— Bien. Je... je vous accompagne à Disneyworld, lâcha-t-elle brusquement.

— Vous ne préférez pas prendre le premier avion pour l'Angleterre ?

Si, bien sûr, mais elle n'était pas attendue avant deux jours. Tony se plaisait chez Simon et Janice, et pour l'instant, Vicki avait plus besoin d'elle que son fils.

— Vicki s'en remettra, ajouta-t-il, comme s'il avait deviné ses pensées.

— Le croyez-vous ? Elle a été obligée de se « remettre » de plus d'un événement ces derniers mois, la mort de sa mère, d'abord, puis l'accident de Fanny.

— Et si elle s'attachait à vous ?

— Nous envisagerons cette question le moment venu... si cela se révèle nécessaire.

— Oui. Elle vous aime déjà, bientôt elle ne pourra plus se passer de vous, et alors...

— N'exagérons rien.

— Très bien, madame Dale. Montez préparer une valise et venez avec nous. Mais si cette histoire prend de trop grandes proportions, ce n'est pas à moi qu'il faudra le reprocher.

— Ne vous inquiétez pas !... Vous avez dit « préparer une valise » ?

— C'est exact.

— Nous passerons la nuit là-bas ?

— En effet.

— Oh, mais je... Je ne pensais pas...

— Orlando est à quatre heures de route d'ici. Nous y arriverons en fin d'après-midi, nous logerons à mon hôtel, et demain, Vicki pourra profiter d'une journée entière à Disneyworld. Nous rentrerons dans la nuit : elle dormira dans la voiture. Vous avez changé d'avis ?

— Non. Cela me convient parfaitement.

— Et rappelez-vous : c'est vous qui avez pris la décision de venir.

— Je m'en souviendrai !

Elle comprit qu'elle avait eu raison de céder lorsqu'elle vit le visage radieux de la fillette. Elle voulut persuader Paul et Carly qu'elle ne partait que pour le bien de la petite, mais ce fut peine perdue. Enfin, vaincue, elle monta dans sa chambre se préparer.

— Venez devant, à côté de moi, ordonna Gérard, quant elle voulut s'installer à l'arrière de la voiture, aux côtés de Vicki.

— Je préférerais...

— Devant !

Rougissante, mal à l'aise, elle obéit malgré elle.

— Vous souffrez d'un complexe de persécution, décréta-t-il au bout de quelques kilomètres.

— Comment ?

— Vous êtes mieux assise devant, non ?

— Oui, mais je...

— Un point pour moi.

— Papa a *toujours* raison ! soupira Vicki en appuyant son menton sur le dossier du siège, juste derrière Vivian.

— Non, pas toujours, chérie, protesta-t-il.

— Mais si, Papa !

— Je t'avais dit que Vivian refuserait de venir avec nous.

— C'est vrai, acquiesça-t-elle. Mais je suis contente qu'elle soit là.

— Moi aussi, murmura-t-il.

— Ah oui ? s'enquit Vivian, stupéfaite.

— Absolument, répliqua-t-il. Vous m'aiderez à empêcher Vicki de commettre trop de bêtises.

— C'était mon intention, justement, et c'est pourquoi je voulais monter derrière.

— Vous ne cherchiez pas plutôt à m'éviter ?

— Pas du tout, pourquoi ?

— Pourquoi, en effet ?

— Tu n'aimes pas mon papa ?

— On ne pose pas ce genre de questions, Vicki, intervint son père. Ce n'est pas poli.

— Pourquoi ?

— Ça ne se fait pas, tout simplement.

— Mais pourquoi ?

— Vicki, tu me désespères ! Je t'ai répété cent fois de ne pas répondre à mes réponses par une autre question !

— Oh... pardon. Je me demandais si Vivian t'aimait bien, c'est tout.

— Et moi, je te dis de ne pas poser ce genre de question.

— Cela ne me dérange pas, déclara Vivian. Oui, Vicki, j'aime bien ton papa.

— Lui aussi, il t'aime, gloussa la fillette. Je le vois.

— Ah ? Comment donc ? voulut savoir son père.

— Tu ne lui fais plus de grimaces.

Curieux ! Vivian, elle, ne l'avait pas encore remarqué !

— Vicki, à présent, tais-toi, s'il te plaît.

— Mais j'aimerais savoir comment est le petit garçon de Vivian ! protesta-t-elle avec une moue désolée.

— Vivian n'a peut-être pas envie d'en parler.

— Ça ne m'ennuie pas ! assura cette dernière. Je vais discuter avec Vicki, monsieur, pendant que vous vous concentrez sur la route.

— Je peux conduire et bavarder en même temps. Et hier soir, vous m'avez appelé Gérard.

— Ce matin, vous m'avez appelée Mme Dale, lui rappela-t-elle.

— En effet... Bon. Pendant tout ce voyage, ce sera Gérard et Vivian, d'accord ?

— Comme vous voudrez... Alors, Vicki, que veux-tu savoir de Tony ?

— C'est le nom de ton bébé ?

— Oui.

— Quel âge a-t-il ?

— Un an et demi.

— Il doit être très mignon !

— Moi, je le trouve adorable !

— Il te ressemble ?

Gérard écoutait attentivement cet échange, et Vivian éprouvait de plus en plus de mal à ignorer sa présence.

— Oui. Il a des cheveux blonds et bouclés, et de grands yeux bruns.

— Il n'a rien hérité de son père ? intervint Gérard.

— Si, son caractère sérieux, riposta-t-elle, sur la défensive.

— C'est peu.

— Son amour, aussi ! Tony saura que son papa était un être merveilleux. J'y veillerai !

— Le papa de Tony est parti, lui aussi ? voulut savoir Vicki.

— Il... il est mort, chérie, révéla-t-elle.

— Alors Tony n'a pas de papa ?

— Non...

— Mmm... murmura Vicki, songeuse... Vivian, tu veux bien jouer aux charades ?

Du coin de l'œil, Vivian vit Gérard froncer le nez.

— Si nous jouions tous les trois ? suggéra-t-elle d'un ton suave.

— Oh, non, Papa est trop fort ! Il gagne toujours !

— Dans ce cas, nous ferons équipe contre lui. Qu'en penses-tu ?

— Excellente idée, intervint-il. Mais interdiction absolue de tricher !

— Nous ne trichons jamais, n'est-ce pas, Vicki ?

La demi-heure suivante fut consacrée à une multitude de devinettes. La jeune femme et la petite fille gagnèrent la partie à un point d'écart, à l'immense joie de Vicki.

— Vous avez été généreux, chuchota Vivian à l'intention de son voisin.

— Cela m'arrive de temps à autre. Mais c'est assez rare, précisa-t-il, imperturbable.

Vivian reçut cette remarque comme une menace. Elle décida de changer de sujet :

— Nous déjeunons en route, ou nous attendons d'être arrivés à Orlando ?

— Maintenant, Papa ! s'écria Vicki.

— Hamburgers et frites, je suppose ?

— Oui, Papa, s'il te plaît.

— Elle se nourrit exclusivement de ces horreurs lorsque nous voyageons en Amérique, expliqua-t-il à Vivian.

— Vous venez souvent ?

— Le moins possible, jusqu'à présent.

Vivian grignota à peine son repas. Gérard et sa fille compensèrent son manque d'appétit en dévorant d'énormes sandwichs au beefsteak haché et en commandant un dessert gigantesque.

Le trajet en lui-même était ennuyeux... une route toute droite, menant directement à Orlando, kilomètre après kilomètre... Quelle monotonie ! Vivian ne fut pas étonnée outre mesure de découvrir qu'à mi-chemin, Vicki s'était endormie.

— Elle ne s'est plus réveillée, la nuit dernière ? voulut-elle savoir.

— Non. Cependant ce matin, au saut du lit, elle vous a de nouveau réclamée. Je n'y comprends rien... Elle ne s'attache jamais aux... inconnus.

Vivian tressaillit, vexée d'être considérée comme une « inconnue ». Pourquoi cette réaction ? C'était vrai, après tout, elle connaissait la petite fille depuis la veille seulement !

— Moi aussi, je l'aime bien, avoua-t-elle.

— Soyez prudente. Je ne veux pas d'une enfant hystérique sur les bras après votre départ.

Elle se mordit la lèvre.

— Je voulais vous poser une question.

— Je vous écoute.

Le ton de sa voix n'était guère encourageant, mais elle ne put résister à son envie de l'interroger.

— Votre épouse, commença-t-elle, hésitante... Vous étiez mariés, quand je... quand nous...

— Et si je l'étais ?

— Eh bien, je... Mon Dieu ! Je... j'ai du mal à croire que j'aie pu avoir une liaison avec un homme marié !

— Peut-être vous l'avais-je caché.

Le visage de Vivian s'éclaira.

— C'est cela ? Vous ne me l'avez pas dit ? C'est ainsi que ça s'est passé ?

— « Ça » s'est passé parce que vous en aviez envie et moi aussi.

— Vous m'avez affirmé que nous nous aimions !

— A l'époque, j'en étais convaincu ; à présent, je pense que notre aventure s'est résumée à un mot de cinq lettres... Désir.

— Le désir ne se perpétue pas pendant des années. La première fois que nous nous sommes revus, vous m'aimiez encore.

— Ah oui ?

— Vous le savez bien, répliqua-t-elle sèchement.

— C'est possible, concéda-t-il. Mais maintenant, c'est fini.

Elle fixa intensément ses mains, le menton tremblant.

— Pourquoi nous sommes-nous séparés ?

— Vous trouvez peut-être amusant de poursuivre ce petit jeu, soupira-t-il, exaspéré. Pas moi, Vivian, cette farce me donne des haut-le-cœur. Vous savez pertinemment que nous n'avons jamais rompu. A la mort de mon père, j'ai dû prendre la succession de ses affaires, puis nous avons appris la maladie de Tina. Elle allait mourir. Lorsque j'ai eu enfin réglé tous mes problèmes, vous vous appeliez Mme Anthony Dale.

— C'est vrai ? murmura Vivian, blême comme un linge.

— Vous le savez.

— Mais si vous étiez marié...

— Je ne l'étais pas ! Je ne l'étais plus. Tina et moi vivions séparés depuis longtemps, lorsque je vous ai rencontrée.

Un vif sentiment de soulagement s'empara de la jeune femme. Il ne vivait plus avec son épouse quand ils s'étaient connus ! Elle n'avait donc pas à se reprocher de s'être immiscée dans un couple heureux !

— Cela vous rassure, n'est-ce pas ? railla-t-il. Avez-vous oublié que vous étiez fiancée, en ce temps-là ?

Oui, elle l'avait oublié, et Gérard s'en doutait : son ton ironique le prouvait. Vicki se redressa à cet instant précis.

— Nous y serons bientôt, Papa ?

— Oui, chérie. Un peu de patience.

— Je suis si contente de retourner à Disneyworld !

— Tu y es déjà allée ? s'enquit Vivian.

— Deux fois, mais j'étais un bébé.

— A cinq ans, on n'est plus un bébé, intervint son père.

— Non... Tony est un bébé. Je pourrai le voir, ton petit garçon, Vivian ?

— Je... euh...

— Il est en Angleterre, Vicki, expliqua Gérard.

— Je sais. Mais quand nous rentrerons... Dis « oui », Vivian !

Vivian ne savait pas quoi lui répondre. Elle ne voyait aucun argument valable à opposer à cette requête. Les deux enfants s'entendraient sûrement à merveille... Cependant, si Vicki et Tony se réunissaient de temps à autre, cela impliquerait que Gérard et Vivian seraient obligés de se voir... et cela, elle ne le souhaitait pas.

Cet homme la troublait, il remettait en cause toute sa vie passée. Jusqu'à présent, elle avait été certaine de son amour pour Anthony, du succès de leur union. Aujourd'hui, les doutes la rongeaient... Tout son univers s'écroulait.

Mais ce n'était pas tout. Elle tenait surtout à éviter d'autres rencontres, car elle avait découvert avec horreur combien Gérard l'attirait physiquement. Elle avait succombé sans protester à ses baisers, à ses caresses. Il savait éveiller en elle des émotions insoupçonnées...

— Vivian ? insista la petite.

— Pourquoi pas ? Tony serait très content de te connaître.

— Super ! s'exclama Vicki, avec son exubérance habituelle.

— Ma fille n'oublie jamais rien, avertit Gérard, à voix basse.

— Elle vous ressemble.

— Nous ne sommes pas tous doués comme vous pour effacer le passé.

— Vous croyez que cela m'amuse de ne plus me rappeler mon mari ? riposta-t-elle, très pâle.

— Cela vous réjouit de m'en convaincre, grommela-t-il.

— Et pourquoi donc ?

— Parce qu'alors, vous avez aussi oublié combien nous nous entendions bien...

— Gérard, je vous en prie... Vicki...

— Ma fille n'est pas bête, Vivian. Elle sait très bien qu'il existe une certaine... attirance entre nous.

— Non !

— Si, insista-t-il, morose. A votre avis, pourquoi s'obstine-t-elle à nous réunir ? Croyez-moi, cela ne m'enchante pas plus que vous.

Vivian préféra se réfugier dans un silence prudent. Pendant tout le reste du trajet, elle ne prit la parole que pour s'adresser à la fillette. Gérard ne sembla pas s'en offusquer : il parlait avec l'une comme avec l'autre, ignorant l'attitude réservée de sa voisine.

— J'avais oublié que vous boudiez, déclara-t-il, amusé, tandis que Vicki se précipitait en courant vers le hall de l'hôtel.

70

Elle le foudroya du regard.

— Je ne boude pas !

— Mais si, assura-t-il en saisissant les bagages. Je me souviens en particulier d'une soirée... et je me rappelle encore mieux la façon dont je vous ai déridée.

— Oh, vous... vous...!

— Monsieur Daniels ! s'exclama le gérant de l'établissement en surgissant devant eux. Je suis heureux de vous voir ! Vous avez amené votre épouse et votre fille avec vous...

— Je ne suis pas Mme Daniels, intervint Vivian avec un sourire figé, les joues écarlates de confusion.

— Ah, oui, excusez-moi... Mes hommages, madame...

Vivian se tourna vers Gérard, suppliante. Le sous-directeur supposait qu'elle était une « fiancée », elle tenait à ce que la situation soit rectifiée immédiatement. Gérard arbora son sourire le plus moqueur.

— Mme Dale est une amie de ma fille.

— Mais Papa l'aime aussi ! affirma Vicki, en toute innocence, en glissant sa main dans celle de Vivian.

— La vérité sort toujours de la bouche des enfants, chuchota-t-il discrètement à l'oreille de Vivian... Mike, la route a été longue, voulez-vous nous excuser ?

— Je vous en prie... Tout est prêt, monsieur, si vous avez besoin de quoi que ce soit, appelez-moi.

— Ne vous inquiétez pas.

— Je vais monter vos valises.

— Non, non, je m'en charge ! décréta Gérard, tout en se dirigeant vers l'ascenseur... Vous Miss Daniels, vous allez vous coucher.

— Oh, mais...

— Au lit !

— Il est très tôt ! protesta la petite avec véhémence. Je pensais que nous pourrions tous...

— *Nous* ne ferons rien, trancha-t-il... Un verre de lait chaud, un bain, et au lit.

— Vivian pourra m'aider à me laver, alors ?

— Vivian ? répéta-t-il en regardant la jeune femme.

— Avec plaisir !

— Bon ! Comme vous voudrez...

— Où est ma chambre, s'il vous plaît ? reprit-elle en s'emparant de son sac.

— Par ici, madame Dale, si vous voulez me suivre, murmura-t-il, ironique, en ouvrant la porte de l'appartement.

— Mais je... je ne peux pas loger ici avec vous !

— Pourquoi pas ? C'est une suite... Il y a quatre chambres à coucher.

— Oui, mais, je préférerais avoir une chambre ailleurs.

— Nous en discuterons plus tard... Entrez.

Elle obéit malgré elle.

Après avoir pris son bain et éclaboussé Vivian de haut en bas, Vicki, angélique dans sa chemise de nuit en coton, vint au salon boire son lait chaud. Elle accepta docilement d'aller se coucher ensuite, preuve que le voyage l'avait fatiguée.

— Venez avec moi tous les deux... murmura-t-elle timidement.

Gérard dévisagea Vivian.

— Très bien, acquiesça-t-il en la voyant hocher discrètement la tête. Pour cette fois, c'est oui.

Enchantée, Vicki les entraîna par la main.

— Maintenant, vous allez me border, tous les deux ! annonça-t-elle, une lueur triomphante dans les yeux.

— Vicki...

— Oh, Papa, je t'en prie, juste pour ce soir !

— D'accord, céda-t-il, à court d'arguments.

— Bon. Viens t'asseoir ici... et toi, Vivian, ici, ordonna-t-elle en lui désignant une place sur le lit. Embrassez-moi... tous les deux.

— Je te trouve bien autoritaire ! lui reprocha son père.

— Oh, Papa ! Je sais, mais je suis si contente de vous avoir près de moi. C'est comme si...

— Vicki, non ! interrompit-il avec un mouvement de recul. Calme-toi !

— Je voulais seulement dire que c'était comme si j'avais un papa et une maman ! Je pensais...

— Quand tu commences à réfléchir, cela devient grave...

La fillette posa un regard suppliant sur Vivian.

— Ton petit garçon n'a pas de papa, moi je n'ai pas de maman, et je me demandais...

— Vicki, pour l'amour du ciel, tais-toi ! rugit son père.

Elle serra ses petits bras autour du cou de Vivian.

— Tu veux être ma maman, Vivian ? dit-elle à voix basse.

5

Vivian demeura clouée sur place, hébétée, atterrée.
Elle ne savait que lui répondre... La requête de Vicki
était naturelle, logique.

— Il est temps de dormir, marmonna Gérard.

— Mais Vivian ne m'a pas dit si...

— Elle ne dira rien. Je t'ai déjà demandé de ne pas
poser des questions de cet ordre, Vicki. Je ne le répéterai
pas... A présent, bonne nuit. La journée sera longue
demain...

— 'Soir Papa, bâilla-t-elle. Vivian... tu n'es pas fâchée
contre moi, n'est-ce pas ?

— Mais non, chérie ! la rassura-t-elle, émergeant enfin
de sa stupeur.

— Tant mieux, parce que je t'aime beaucoup, beaucoup.

De retour dans le salon, après avoir soigneusement
refermé la porte de la chambre de sa fille derrière eux,
Gérard lâcha un juron. Vivian repoussa une mèche de
cheveux rebelle, d'une main lasse.

— Je vous avais prévenue... poursuivit-il en arpentant
furieusement la pièce.

— Oui, je sais ! rétorqua-t-elle. Vous êtes trop content
de pouvoir m'accuser !

— Comment le sauriez-vous ? Vous prétendez ne pas me connaître.

— Je...

Elle ne put se défendre : déjà, les lèvres de Gérard réclamaient les siennes avec force et, involontairement, elle répondit à son étreinte.

— Oh, Vivian... chuchota-t-il, tout en la poussant doucement vers le canapé.

Et voilà que toutes les bonnes résolutions de la jeune femme s'envolaient ! Tant pis... Elle ne pouvait lui résister, elle n'en avait ni l'envie ni l'énergie. Un gémissement de plaisir lui échappa. De vagues images du passé resurgissaient, se superposaient ; oui, ils s'étaient aimés autrefois. La flamme de leur passion mutuelle ne s'était jamais complètement éteinte...

On frappa à la porte, et Gérard se redressa, contre son gré.

— Oh, non !

— Qui est-ce ? chuchota-t-elle.

— C'est notre dîner, avoua-t-il, penaud, en se passant la main dans les cheveux.

— Le dîner ?

— Oui, j'ai commandé un repas pendant que vous vous occupiez de Vicki. A présent, je regrette d'avoir pris cette initiative.

Vivian s'assit pour rajuster en toute hâte son chemisier. Elle était cramoisie... d'embarras, mais pas de honte. Elle n'avait aucune raison de se sentir coupable. Carly le lui avait clairement démontré : elle avait vingt-deux ans, elle était libre, jeune et belle, capable de prendre ses responsabilités. Gérard lut dans son regard son désir non assouvi.

— Plus tard, Vivian... plus tard, promit-il en effleurant sa joue du bout du doigt.

— Vous pouvez ouvrir, je suis présentable.

— Vous l'êtes toujours, Vivian...

— On frappe de nouveau...

— Oh, zut ! marmonna-t-il d'un ton furieux.

C'était en effet leur repas, et Vivian eut tout loisir de reprendre ses esprits tandis que le maître d'hôtel préparait la table. Etait-elle folle ? Elle n'était pas libre ! Elle se devait de chérir la mémoire de son mari, d'assumer ses responsabilités envers son fils.

— C'est passé, n'est-ce pas ? soupira-t-il lorsqu'ils furent de nouveau seuls.

Elle cligna des yeux.

— Je ne comprends pas ?

— L'instant est passé...

— Je...

— Ne vous donnez pas la peine de tout m'expliquer, Vivian. Venez manger.

— Gérard...

— Mangez !

— Je n'ai pas faim, grommela-t-elle. Le hamburger...

— C'était il y a plusieurs heures, et vous n'y avez pas touché ! A présent, mangez !

Il s'attaqua lui-même à son steack comme s'il lui en voulait personnellement. Vivian s'assit, saisit sa fourchette et son couteau, coupa sa viande... et s'immobilisa.

— Je ne peux pas ! gémit-elle.

Les couverts retombèrent avec un bruit fracassant sur son assiette, et elle s'enfuit en courant dans la chambre où Gérard avait déposé ses bagages un peu plus tôt. Elle claqua la porte derrière elle, s'adossa contre le mur, effondrée. Une seconde plus tard, Gérard faisait irruption et l'attirait violemment contre lui.

— Je ne vais pas vous forcer.

— Je m'en doutais, admit-elle.

— Ah, oui ?

— Oui.

— Venez manger, Vivian... Ensuite, nous écouterons des disques, nous nous détendrons.

— Je...

— J'ai besoin de vous, Vivian.

Elle ravala sa salive, soudain à court de souffle.

— Vous... vous avez besoin de moi ?

— J'ai à peine dormi la nuit dernière. Aujourd'hui, je viens de conduire pendant des heures. Pour le moment, j'éprouve l'envie et le besoin de me décontracter.

— Avec... moi ?

Elle-même était toujours tendue, en sa présence !

— J'essaierai, marmonna-t-il avec un sourire penaud. Je ne veux pas rester seul, Vivian, ajouta-t-il gravement. Tenez-moi compagnie...

— Bien, accepta-t-elle. Mais vraiment, je n'ai pas faim.

— Buvez un peu de vin.

Il était frais et délicieux. Gérard grignota à peine, mais lorsque le maître d'hôtel vint reprendre le plateau, il lui recommanda de leur laisser la bouteille.

— A présent, musique ! annonça-t-il avant d'aller se planter devant la chaîne hi-fi entourée d'une admirable collection de disques. Que me proposez-vous ?

— Johnny Mathis, par exemple ?

— Oui, je dois avoir un ou deux albums de ce chanteur. Si je me souviens bien, vous adoriez Rod Stewart.

Elle sourit.

— C'est encore vrai.

— Cependant, Johnny Mathis est infiniment plus romantique...

Une peur panique la saisit brusquement, et elle posa son verre sur la table basse.

— Peut-être devrais-je aller me coucher. Je n'ai même pas demandé qu'on me prépare une chambre !

— C'est inutile, vous en avez plusieurs à votre disposition dans cet appartement. Je vous ai promis de ne vous forcer à rien, Vivian. Je tiendrai parole. Il n'est pas dans mes habitudes de séduire une femme qui n'y consent pas, ajouta-t-il en plongeant son regard dans le sien.

78

— Vous n'avez sans doute jamais été obligé de recourir à de tels procédés, souffla-t-elle.

— Si vous essayez de vous persuader que je vous ai prise de force, vous vous trompez. Nous nous sommes rencontrés tout à fait par hasard sur la plage. Nous avons eu le coup de foudre l'un pour l'autre, et il n'a plus été question de nous séparer pendant une semaine entière.

— Pourquoi étais-je en Floride ?

— Comme cette fois-ci, vous travailliez. Pour moi.

— Ce qui explique comment j'ai pu prendre une semaine de vacances, acheva-t-elle ironiquement.

— C'est exact. Etait-ce donc cela, Vivian ? Avez-vous succombé dans les bras de votre employeur dans le seul but de voir jusqu'où vous pourriez le mener ?

Elle se leva, soudain très pâle.

— Je vais me coucher. Un dernier renseignement, monsieur Daniels. Ai-je jamais exigé quoi que ce soit de vous ?

— Non, c'est moi qui vous ai tout offert : le mariage, entre autres, précisa-t-il avec amertume.

— Et j'ai épousé Anthony. Vos hypothèses sont donc fausses, monsieur Daniels. Réfléchissez... Comment ai-je pu m'unir à Anthony ?

— Vous l'aimiez !

— Oui, acquiesça-t-elle. Le temps que nous avons passé ensemble n'était qu'un interlude. Je préfère l'oublier complètement.

— Ce n'est pas déjà fait ?

— Si, lança-t-elle, tête haute. Mais vous, vous ne l'avez pas encore effacé de votre mémoire.

— Je n'en ai pas l'intention : ainsi je me tiendrai sur mes gardes, je me rappellerai toujours à quel point les femmes sont hypocrites et cruelles.

Il lui tourna le dos. Vivian se retrancha dans sa chambre. Le traité de paix était rompu, mais pour le bien de Vicki, elle devrait faire taire son hostilité envers

Gérard. Hostilité ! A tout instant, elle devait se retenir de se jeter dans ses bras !

Elle eut du mal à s'endormir. Elle ne craignait pas une intrusion de la part de Gérard... Non, il avait promis de la laisser tranquille, et, sur ce point, elle lui accordait toute sa confiance. Elle savait au moins cela de Gérard Daniels : c'était un homme à la fois honnête et intègre.

Petit à petit, elle parvenait à rassembler les bribes du puzzle composant cette époque enfouie dans les tréfonds de sa mémoire. Elle avait dû l'aimer de toutes ses forces, pour oser trahir Anthony de cette manière. D'après Gérard, elle avait même consenti à l'épouser, lui ! Elle avait donc failli rompre son engagement avec Anthony...

Elle n'avait aucun souvenir d'un précédent voyage en Floride. Simon devait être au courant... Peut-être saurait-il la renseigner ? Peut-être même connaissait-il Gérard ? Elle devait à tout prix l'interroger... Dès son retour en Angleterre. L'Angleterre ! Demain soir, elle serait à Londres ! Elle pourrait ramener Tony dans leur petit appartement et oublier Gérard Daniels... pour la seconde fois de sa vie...

Après cette soirée dramatique, Vivian s'était préparée à subir sans se révolter tous les sarcasmes de Gérard. A son grand étonnement, il se montra charmant, très enjoué. Il plaisanta avec Vivian comme avec sa fille, pendant le petit déjeuner.

— Nous irons au « tunnel dans la montagne », Papa ? L'autre fois, tu n'as pas voulu, parce que j'étais trop petite.

— Tu n'as pas tellement grandi, taquina-t-il, parfaitement détendu.

Un soleil éblouissant resplendissait dans le ciel bleu d'azur... Une journée superbe, en accord avec leur humeur...

— Si, j'ai grandi ! protesta Vicki.

— C'est curieux, je ne l'avais pas remarqué !

— C'est parce que...

— Parce que quoi, Vicki ? s'enquit-il, attendri.

— Oh, rien.

— Vicki...

— Parce que... tu es parti. Tu m'as abandonnée !

Vivian remarqua le visage blême de Gérard et éprouva envers lui un élan de sympathie. Elle se leva.

— Je vais chercher mon sac !

Vicki était une enfant d'une sensibilité exacerbée, et elle avait dû souffrir atrocement de la mésentente entre ses parents... Quelques minutes plus tard, Vivian entendit frapper à la porte. Sans attendre son invitation, Gérard entra. Il paraissait anéanti.

— Vous ne vous sentez pas bien ?

— Ma fille vient de m'annoncer que je ne l'aime pas.

— Non !

— Si, soupira-t-il en s'écroulant sur le lit.

— Mais pourquoi penserait-elle cela ?

— C'est à cause de Tina. Nous nous sommes séparés dans des conditions dramatiques. Tina était amère, aigrie, mais je ne me suis pas tout de suite aperçu qu'elle transmettait sa hargne à notre fille. Ensuite, il était trop tard. Tina avait réussi à persuader Vicki que je ne voulais plus d'elle.

— C'est affreux ! s'exclama Vivian, désolée.

Il haussa les épaules.

— C'est humain, je suppose. Quand on a mal, on s'en prend à ses proches. Vicki était là...

— Mais elle comprend maintenant que vous l'aimez, non ?

— Je le pensais... jusqu'à maintenant... Bon, allons-y, elle nous attend avec impatience.

Vivian remarqua les traces de larmes sur les joues de la fillette, mais, en dehors de cela, Vicki lui parut enthousiaste et exubérante. Gérard se comporta avec elle comme s'il ne s'était rien passé de grave. Il lui donna quelques pièces pour qu'elle s'achète des bonbons pendant qu'il sortait la voiture du garage.

— Vous êtes perplexe, n'est-ce pas ? murmura-t-il à l'intention de Vivian.

— Un peu, oui.

— C'est compréhensible : les spécialistes m'assurent que je dois ignorer les sautes d'humeur de Vicki. D'après eux, cela lui passera...

Vivian écarquilla les yeux.

— Vous voulez dire que... Vicki voit un psychiatre ?

L'ombre d'un sourire parut sur les lèvres de Gérard.

— N'exagérons rien. Elle a été bouleversée par la mort de sa mère, ce qui est normal. Vous aussi, vous risquez d'avoir quelques soucis lorsque votre fils sera assez grand pour vous poser des questions... Quand Vicki sera certaine que je l'aime... il me sera difficile de l'en convaincre... elle cessera d'être la proie de ces crises. Ne prenez pas cet air préoccupé, Vivian c'est mon problème, pas le vôtre.

— Oui, mais...

— Tout finira par s'arranger, conclut-il d'un ton ferme. A présent, secouons-nous : tâchons de profiter malgré tout de cette journée qui nous a été imposée.

Elle tressaillit, comme si elle avait reçu un coup au cœur. Heureusement, Vicki les rejoignit à cet instant précis, détournant leur attention. Gérard avait l'art de se ressaisir et d'afficher un sourire charmeur à volonté.

Cependant, s'il jouait un rôle, il le jouait à merveille, car même Vivian finit par s'y laisser prendre.

Ils durent garer l'automobile à l'extérieur du parc d'attractions et prendre un petit train. Celui-ci, baptisé « monorail », traversait de part en part le restaurant d'un hôtel, ce qui réjouit grandement la petite Vicki.

— Ne demande pas, la réponse est non, déclara Gérard.

— Oh, mais...

— Non, Vicki, nous ne pouvons pas nous arrêter ici

pour manger. Nous n'aurions plus le temps de visiter les attractions.

Vivian ne pouvait s'empêcher d'admirer la façon dont il l'élevait. Indulgent, mais ferme... A sa place, beaucoup d'hommes auraient eu tendance à gâter outrageusement la fillette. Pas Gérard. Il lui imposait une certaine discipline, qu'elle respectait sans se rebeller car il était juste et généreux.

En pénétrant dans Disneyworld, Vivian eut la délicieuse impression de faire une incursion dans ses rêves d'enfance... Vieux tramways, carioles tirées par des chevaux... Ils s'avancèrent le long de la rue principale de ce village d'autrefois, s'attardant devant une boutique de souvenirs, un cinéma, un salon de thé à l'ancienne et un marché aux fleurs. Tout au bout, ils découvrirent une réplique du Palais de Cristal, et là, devant eux, perché sur un monticule, trônait l'extraordinaire Château, sorti tout droit d'un conte de fées.

— J'avais oublié, murmura Gérard.

— Oublié quoi ?

— La magie de ce lieu... Vous devriez vous voir, Vivian, vous êtes comme envoûtée... Vous paraissez à peine plus âgée que Vicki !

Elle rougit, se sentant tout d'un coup ridicule.

— Je suis désolée, je...

— Ne vous excusez pas. Et surtout, ne perdez pas ce sourire... Venez, je vous offre du pop-corn !

C'était en effet un lieu magique, apprécié autant par les adultes que par les enfants, un monde féérique dans lequel on se fondait sans effort. Les manèges étaient spectaculaires ! Vivian déclara forfait devant les Montagnes Russes, après avoir lu le panneau recommandant la prudence aux tout-petits et aux cardiaques ! Elle n'appartenait à aucune de ces catégories, mais elle craignait d'être un peu trop secouée à son goût. Vicki revint enchantée, un peu pâle pourtant...

Ils visitèrent chaque pavillon, mais Vivian préféra Les

Pirates des Caraïbes… Les personnages animés semblaient vivants ! Dans l'après-midi, ils s'extasièrent devant le défilé de tous les héros de Walt Disney… Mickey Mouse, Pluto, Donald Duck… tous étaient présents à l'appel !

La dernière étape fut la Maison Hantée ; puis Gérard leur proposa un repas léger.

— Nous n'allons pas tarder à partir, déclara-t-il lorsqu'ils émergèrent enfin du restaurant.

— Oh, non, Papa, pas encore ! protesta Vicki, terriblement déçue. Je voulais voir le château luminé… lumineux…

— *Illuminé…* Il faut attendre la nuit. Il ne sera pas éclairé avant deux heures au moins.

— Mais Vivian veut le voir aussi, j'en suis sûre !

— Vicki, c'est du chantage, lui reprocha doucement la jeune femme.

— Vous voulez voir le château illuminé ? s'enquit Gérard avec indulgence.

— Honnêtement : oui. Mais la décision finale vous revient, ajouta-t-elle.

Il s'était montré si gentil, si patient toute la journée, cédant à tous leurs désirs…

— Nous restons.

— Chic ! s'exclama Vicki en se précipitant dans ses bras. Je peux retourner sur ce manège, là-bas ?

— Si tu veux. Vivian et moi t'attendons ici ; à tout à l'heure.

Il la persuada de leur confier son Mickey Mouse, énorme peluche que Vivian lui avait offerte au début de la journée. C'était la première fois que Vicki condescendait à l'abandonner quelques minutes : Mickey avait même dû dîner avec eux à table !

— Ne le perdez pas !

— Mais non, promit son père.

— Ouf ! soupira Vivian en s'écroulant sur un banc. Je suis épuisée !

Ils avaient parcouru des kilomètres à pied, pourtant Gérard semblait toujours frais et dispos...

— Je m'en doutais, sourit-il. Voilà pourquoi j'ai encouragé Vicki à y aller toute seule. J'en ai un peu assez de ce manège.

— Elle s'amuse beaucoup.

— Vous aussi.

Elle éclata d'un rire perlé.

— Au fond, nous sommes tous de grands enfants !

— Vous l'êtes, en tout cas. Grâce à vous, j'ai apprécié cette journée, lui confia-t-il, un bras négligemment posé sur l'épaule de la jeune femme. Je n'étais guère enthousiaste à l'idée de venir ici, mais votre présence m'a soulagé. Vicki est parfois... difficile.

— Elle vous veut pour elle toute seule. Avec Tony, j'ai aussi eu... Excusez-moi...

— Avec Tony ?

— Il est passé par une période délicate, il y a quelques mois. Ce doit être courant, dans les familles mal équilibrées comme les nôtres.

— Sans doute. Peut-être devrais-je me remarier.

— Oui, ce serait peut-être une solution...

Cependant, l'idée de le savoir en compagnie d'une autre femme lui était insupportable ! C'était ridicule ! Elle devait songer à son fils, à sa propre vie ! Il n'y avait aucune place pour cet homme dans son avenir !

— Vous avez un fiancé ?

— Non. Et vous ?

— Personne.

— Je...

— Hé ! Papa ! s'exclama Vicki, surgissant subitement devant eux... Regarde ! Les lumières ! Allons-y !

Elle les tira tous deux par la main, sautillant d'un pied sur l'autre dans son excitation.

Ce fut un spectacle enchanteur, extraordinaire, une vision de conte de fées. Une heure plus tard, à regret, ils réussirent à s'en détacher pour reprendre la route. Vicki s'endormit presque aussitôt.

— Nous devrions peut-être loger à l'hôtel, suggéra Vivian, à voix basse. Après tout, vous devez être épuisé, vous aussi.

— Ce n'est pas une très bonne idée.

— Pourquoi ? Nous pourrions rentrer demain matin. Mon avion ne décolle qu'en début d'après-midi.

— Ce n'est pas une bonne idée, répéta-t-il, morose. Vicki dort déjà ; dès que nous serons sur l'autoroute, vous pourrez l'imiter.

— Mais...

— Nous serons de retour à Fort Lauderdale cette nuit, trancha-t-il. Je ne veux pas que vous risquiez de rater votre avion.

Il ne pouvait lui déclarer plus nettement qu'il serait ravi de se débarrasser d'elle ! Il n'avait pas souhaité cette excursion en sa compagnie et, s'il avouait avoir été soulagé par la présence de Vivian, il était maintenant pressé de la voir sortir de sa vie.

Cette découverte provoqua en elle un sursaut de désespoir. Petit à petit, au cours de cette merveilleuse journée, elle avait senti qu'elle se rapprochait de lui. Elle se disait à présent qu'il serait bien de réunir Vicki et Tony... ainsi aurait-elle l'occasion de rencontrer Gérard... Mais il ne désirait pas de retrouvailles ultérieures, à Londres ou ailleurs. Elle en eut la preuve irréfutable quand ils se séparèrent, tard dans la nuit. Vicki dormait profondément dans les bras de son père.

— Merci, chuchota Vivian, afin de ne pas troubler le sommeil de la petite.

— C'est moi qui vous remercie.

— Je n'ai rien fait.

— Vous étiez là. Vicki était heureuse.

Elle ravala sa salive, redoutant d'avoir à le quitter.

— Je... je vous dois de l'argent... pour les repas, l'hôtel...

86

— Bien sûr que non. Allez vous coucher, Vivian, il est tard.

Il ne prit même pas la peine de venir lui dire au revoir le lendemain : ni Gérard ni Vicki n'étaient visibles. En interrogeant l'hôtesse d'accueil à la réception de l'hôtel, elle apprit que M. Daniels et sa fille étaient sortis, mais qu'on ne savait absolument pas à quelle heure ils reviendraient.

— Alors ? On s'en va sans rien dire ?

Elle fit volte-face, surprise, et découvrit Greg derrière elle. Elle eut le plus grand mal à dissimuler sa déception : elle avait tant espéré reconnaître Gérard ! Paul, Carly et elle-même venaient de signer leurs factures. Le départ était imminent... Elle afficha un sourire artificiel.

— Je vous aurais cherché avant de m'en aller.

— Vous êtes déjà partie, lui reprocha-t-il.

— Mais non, protesta-t-elle. Nous avons encore quelques instants devant nous !

Il l'attira discrètement à l'écart.

— Je regrette que vous ne m'ayez rien dit, au sujet de vous et de M. Daniels. J'ai failli commettre une bévue impardonnable !

Elle fronça les sourcils.

— Comment cela ?

— Eh bien... Vous et lui...

— Une minute, s'il vous plaît, interrompit-elle d'un ton sec. Lui et moi quoi ?

Greg rougit, mal à l'aise.

— Je discutais avec l'un des employés, il se souvenait de vous avoir vue ici autrefois en compagnie de M. Daniels.

— Quoi... ? murmura-t-elle, blême d'émotion.

— Oui, acquiesça-t-il en hochant la tête. Il y a environ deux ans. D'après cette personne, vous étiez très proches.

— Je vois.

Elle se mordit la lèvre. C'était donc vrai, elle avait bien

passé une semaine ici avec Gérard ! Elle plongea son regard dans celui de Greg.

— Nous avions l'air... d'être proches l'un de l'autre cette fois-ci ?

— Non, non... Cependant, vous êtes partie avec lui pendant vingt-quatre heures.

— C'était pour sa fille, pas pour lui.

Il eut une moue dubitative.

— Si vous le dites... De toute façon, cela ne me regarde pas, ajouta-t-il avec un sourire, avant de se pencher pour l'embrasser gentiment sur la joue. Prenez soin de vous, Vivian.

— Vous aussi, Greg.

— Désolé d'interrompre une scène aussi touchante, mais n'avez-vous pas un avion à prendre, madame Dale ?

Elle tressaillit. Gérard ! Et il l'appelait de nouveau « madame Dale » ! Il était seul. Le cœur de la jeune femme se mit à battre à toute allure... Qu'il était beau !

— A bientôt, conclut Greg avant de disparaître dans son bureau.

— Tu es prête ? s'enquirent à l'unisson Paul et Carly.

— Je... Oui, je suis prête. Au revoir, monsieur Daniels.

— Non, pas encore, Vivian, railla-t-il. C'est moi qui vous conduis à l'aéroport. Vous n'étiez pas au courant ?

— Non, marmonna-t-elle, furieuse de s'être tant inquiétée de ne pas le revoir avant son départ. Paul ne me l'avait pas signalé, précisa-t-elle avec un regard accusateur.

— Je t'ai à peine vue, ces jours-ci, fit-il remarquer.

Paul et Carly montèrent à l'arrière de la Ferrari. Vivian fut donc obligée de s'installer aux côtés de Gérard.

— Où est Vicki ?

— Avec Fanny. Elle ne sait pas que vous prenez l'avion aujourd'hui.

— Ah !

— Ah, comme vous dites... Elle me croit à un rendez-vous d'affaires.

— Est-ce bien sage ? murmura Vivian, tourmentée.

— Bien sûr que non ! riposta-t-il durement. Mais je n'avais aucune envie de supporter une scène ce matin. Elle a accueilli Fanny avec enthousiasme uniquement parce qu'elle était persuadée de vous voir cet après-midi. Enfin, ce n'est plus votre problème, n'est-ce pas ?

Encore une gifle ! Elle dut se mordre la langue pour ne pas répliquer vertement devant Paul et Carly. Elle se réfugia donc dans un silence renfrogné et, pendant tout le trajet, écouta d'une oreille distraite une discussion très technique entre Gérard et Paul.

Vivian n'avait pas imaginé que Gérard puisse les emmener à l'aéroport, et une boule d'angoisse lui monta à la gorge au moment où ils durent se séparer. Il serra les mains de Paul et Carly, puis se tourna vers elle. Elle s'humecta les lèvres. Que dire ? Que faire ?

— Au revoir, madame Dale, prononça-t-il d'un ton cérémonieux. Merci d'avoir pris soin de ma fille. Votre aide m'a été précieuse.

— Ce fut avec plaisir. Au revoir, monsieur Daniels, répliqua-t-elle d'une voix neutre.

Elle redressa les épaules, avança le menton et se détourna pour suivre ses amis qui se dirigeaient déjà vers la porte d'embarquement. Elle tendit sa carte d'accès à bord à l'hôtesse, et, rassemblant tout son courage, risqua un coup d'œil derrière elle. Il avait disparu.

— Ça ne s'est pas arrangé, soupira Carly.

— Il n'y avait rien à arranger.

— Mais...

— Carly, je t'en prie, je préfère ne plus en parler. J'ai la migraine.

En effet, elle souffrait atrocement... L'épreuve fut pénible, car durant tout ce vol d'une durée de neuf heures, elle dut s'efforcer de retenir ses larmes... Chaque minute la rapprochait de Tony... et l'éloignait de Gérard !

6

A l'atterrissage sur la piste de Heathrow aux petites heures du matin, il pleuvait... Journée typique d'un été anglais. Le désespoir de Vivian en fut accru, d'autant plus qu'elle avait recommandé à Simon de ne pas se déranger pour elle... Elle passerait donc chez elle et irait chercher Tony dans la matinée.

Paul et Carly la déposèrent en taxi devant son immeuble, et ils convinrent de se retrouver dès le lundi suivant pour prendre la dernière série de photos.

Vivian était très déprimée, mais elle n'osait s'en expliquer les raisons. Jamais elle ne pourrait bannir Gérard Daniels de sa mémoire ! Une vision surtout lui revenait sans cesse à l'esprit, la dernière... la veille, à Miami ; immense, imposant, autoritaire, inspirant le respect... Il ne ressemblait en rien à celui qui lui avait déclaré son amour avec tant de fougue !

Et pourtant, elle l'aimait ! Elle avait le courage de l'admettre, à présent, et se demandait comment elle avait pu en arriver là... Elle était éprise d'un homme qu'elle connaissait à peine, et qu'elle ne reverrait sans doute jamais.

Enfin, si... peut-être, si Vicki exigeait de rencontrer le petit Tony. « Si »... « peut-être »... que de possibilités, de probabilités !

La sonnerie du téléphone retentit, et Vivian faillit

s'évanouir de surprise. Qui pouvait l'appeler à cette heure-ci ? A moins que ce ne soit Simon, anxieux de savoir si elle était bien rentrée... Cher Simon.

— Simon...

— Vivian, interrompit une voix grave... celle de Gérard !

— Vivian ! renchérit une autre voix, celle d'une enfant surexcitée... Vivian, c'est toi ?

— Oui, mais...

— Nous rentrons à la maison, Vivian. Je pourrai venir te voir ?

— Bien sûr, mais...

— Ça suffit, à présent, Vicki. Retourne te coucher, coupa Gérard d'un ton ferme. Vicki, au lit !... Vivian ?

— Gérard...

Quelques secondes s'écoulèrent.

— Vous allez bien ? s'enquit-il enfin.

— Oui, merci...

— Je vous ai réveillée, je suppose ?

— Je suis en pleine forme ! insista-t-elle.

— Vous semblez... bizarre.

— C'est possible ! explosa-t-elle, frustrée par la futilité de cette conversation. Peut-être suis-je tout simplement épuisée après un long voyage ! Au revoir, monsieur Daniels !

Elle raccrocha d'un mouvement sauvage. Comment osait-il l'appeler dans le seul but de l'insulter ! Deux grosses larmes roulèrent sur ses joues brûlantes, tandis que la sonnerie se déclenchait de nouveau. Elle s'enferma dans sa chambre pour ne plus l'entendre. Le téléphone se tut enfin, puis se manifesta encore au bout de quelques secondes. Cette fois, le silence revenu, elle alla décrocher... Ainsi Gérard ne pourrait plus essayer de la joindre.

Apparemment, Vicki avait mal supporté son départ. Mais si Gérard avait pu trouver son numéro de téléphone il connaissait forcément son adresse... Vivian en conclut que Vicki viendrait la voir un jour ou l'autre...

Vers sept heures du matin, elle remit le combiné à sa place, au cas où Simon voudrait l'appeler. Dix minutes plus tard, il s'exécutait.

— J'essaie de t'avoir depuis une demi-heure! lui reprocha-t-il. C'était toujours occupé.

— « Comme je suis content de te savoir de retour, Vivian! railla-t-elle. As-tu fait bon voyage? »... Oui, merci, tout va bien, et je suis contente d'être là.

— D'accord, soupira-t-il. Je-suis-content-de-te-savoir-de-retour-as-tu-fait-bon-voyage?

— Pas mauvais, murmura-t-elle, radoucie. Comment va Tony?

— Il dort. Mais je le connais, ça ne va pas durer.

— Oui, s'exclama-t-elle... Tony est un lève-tôt!

— J'ai eu l'occasion de m'en apercevoir! assura Simon en bâillant avec ostentation. Tu viens prendre le petit déjeuner avec nous?

— Volontiers.

— Alors dépêche-toi, sinon ton fils adoré aura tout dévoré!

— Il a bon appétit?

— C'est un ogre!

Ses retrouvailles avec Tony furent larmoyantes... pour Vivian, car le petit garçon, lui, arborait un large sourire et battait des mains.

Vivian savait qu'elle devait parler de Gérard à Simon, mais elle repoussa cette discussion le plus longtemps possible, attendant, pour arborer ce sujet délicat que Tony fût couché pour sa sieste.

C'était un samedi, Simon ne travaillait pas. Janice s'était occupée des courses, et avait invité Vivian à rester avec eux pour le week-end. Elle accepta; Tony aurait ainsi le temps de se réhabituer à sa maman avant de rentrer chez lui. Oh, il ne l'avait pas oubliée, mais Vivian ne voulait pas l'arracher à son oncle et à sa tante, qui avaient admirablement joué leur rôle de parents adoptifs tout au long de la semaine.

— Bien, soupira Simon en la dévisageant attentivement. Je t'écoute.

Cette approche très directe la déconcerta.

— Je ne comprends pas... ?

— Tu viens de passer une semaine en Floride. Tu travaillais, je sais, mais tu devrais resplendir de santé. Au lieu de cela, tu es pâle et triste.

— Trop aimable !

— Je parle sérieusement, Vivian... Que s'est-il passé en Floride ?

Elle se mordit la lèvre.

— J'ai rencontré quelqu'un.

Le visage de Simon s'éclaira aussitôt.

— Tu es amoureuse !

— Oui. Non ! Ce n'est pas si simple.

— Ça ne l'est jamais.

— C'est un homme...

— Je m'en doute !

— Simon, cesse de me taquiner ! répliqua-t-elle, irritée. Cet homme prétend que nous nous sommes connus autrefois.

— Ah, c'est donc celui-là.

— J'ai dû te parler de lui. Apparemment, c'est vrai, je l'ai rencontré ; mais c'était pendant la période dont je n'ai aucun souvenir.

— Comment peux-tu affirmer que c'est la vérité, alors ? s'enquit-il, sourcils froncés.

— Je le sais... J'en suis sûre, je ne peux pas te l'expliquer... Je... T'ai-je jamais parlé d'un dénommé Gérard Daniels ?

— Je ne crois pas, non.

— Oh, gémit-elle. Je comptais sur toi pour m'aider !

— Ecoute, Vivian... Tu m'as parlé de quelqu'un, mais je n'ai jamais su son nom.

— Que t'ai-je dit de lui ?

— Rien. Nous avons seulement compris qu'il avait une place importante dans ta vie.

— Nous ? Anthony était donc au courant ?

— Oh, oui !

— Pourtant, il m'a épousée !

— Il t'aimait !

— Et moi, je l'ai trahi.

— Anthony ne s'en est pas offusqué. Il t'aimait.

— Mais tu es sûr que je n'ai jamais mentionné Gérard Daniels ?

— Absolument. J'ai la mémoire des noms, tu le sais !

— Oui, soupira-t-elle.

Elle n'avait pas avancé d'un pas : elle avait seulement la confirmation qu'elle avait eu une aventure pendant ses fiançailles. Simon la scruta attentivement.

— J'avais cru comprendre que cet homme était marié.

— Oui. Sa femme est morte.

— Il est donc veuf ?

— Oui.

— Et toi, tu es veuve.

La bouche de Vivian se tordit en un rictus amer.

— Nous ne sommes plus follement épris l'un de l'autre, si c'est ce que tu veux savoir.

— Je m'en doutais, riposta-t-il. Cependant, ces retrouvailles t'ont bouleversée.

— C'est exact, admit-elle. Je ne l'aurais probablement pas revu, s'il n'y avait eu sa fille.

— Sa fille que tu adores, si j'en juge par ton expression en ce moment.

— Oui.

Tony se réveilla à cet instant précis : ses gazouillis joyeux leur parvinrent de la chambre, et Simon éclata de rire.

— Jamais de ma vie je n'ai connu un enfant si bavard, et dont les conversations n'ont ni queue ni tête !

— Tu exagères. Il dit très bien « maman », se défendit-elle, indignée.

— Quel exploit !

Vivian se leva, tête haute.

— Ne te moque pas avant d'avoir eu toi-même des enfants !

— Janice et moi nous y appliquons.

— Après six ans de mariage, vous devez être experts en la matière.

— Nous sommes en progrès, assura-t-il en riant.

Le week-end se déroula dans une atmosphère agréable et enjouée. Janice était non seulement une belle-sœur attentive, mais une amie de confiance. Vivian et elle avaient tout de suite sympathisé, et leur complicité s'accentuait au cours des années.

Cependant, Vivian fut contente de s'en aller le dimanche après-midi : elle était pressée de reprendre une vie normale en compagnie de son petit garçon.

Tony lui raconta des histoires pendant tout le trajet : elle intervenait de temps à autre, comme si elle comprenait la moindre de ses intonations.

— Choc... choc ! réclama-t-il en sortant de l'ascenseur, insistant avec force pour marcher tout seul.

— Oui, chéri, je sais, c'est l'heure du choc-choc. Mais...

— Où étiez-vous ?

Cette voix masculine, si familière... Elle s'immobilisa, ahurie. Intimidé, Tony enfouit son visage dans ses jupes.

— Ce n'est rien, Tony, le consola-t-elle en se penchant pour le soulever dans ses bras. Ce monsieur est un ami de maman... Tu vois ? ajouta-t-elle en arborant un sourire figé.

— Attention, Vivian, je risquerais de vous croire.

— Je m'efforce de réconforter mon fils ! Il est terrorisé, vous ne le voyez donc pas ?

Gérard contempla le petit garçon, paupières plissées.

— Bonjour, Tony...

Tony le dévisagea prudemment, puis détourna la tête, se lovant contre sa maman.

— Choc-choc, marmonna-t-il en guise de réponse.

Gérard sourit, attendri.

— En tout cas, sa timidité n'atténue en rien son appétit !

Silencieuse, Vivian tourna la clé dans la serrure. Elle assit son fils dans sa chaise haute avant de revenir sur ses pas chercher les bagages. Gérard les avait posés dans le vestibule et fermait la porte derrière lui.

— Entrez, je vous en prie ! déclara-t-elle d'un ton ironique.

De son sac, elle sortit une tablette de chocolat ; elle en tendit une part au petit garçon : son sourire enchanté dissipa sa mauvaise humeur.

— Je vous ai demandé où vous étiez, reprit Gérard, debout à l'entrée de la cuisine.

Elle le foudroya des yeux.

— J'étais absente.

— Oui, ça, j'ai pu m'en rendre compte... Je veux savoir où vous étiez.

— En quoi cela peut-il vous intéresser ? Vous...

— Ecoutez-moi bien, Vivian, interrompit-il, l'air sombre et menaçant. Je vous ai téléphoné dès votre retour de Miami, car j'avais entre les mains une petite fille complètement hystérique. Vous auriez pu vous en apercevoir, puisque vous avez parlé à Vicki. Le seul moyen de la calmer a été de lui promettre de la ramener par le premier avion en Angleterre. Pour des raisons que je ne m'explique pas, vous avez raccroché brutalement. Et, avec la puérilité d'une enfant capricieuse, vous avez refusé de prendre mes appels ensuite.

— Comment va Vicki, à présent ? balbutia-t-elle, honteuse de son propre comportement.

— Elle est chez ma mère. Oui, j'ai une mère, précisa-t-il, ironique, devant son regard étonné. Vicki séjourne souvent chez elle, elle y allait déjà avant la mort de Tina. Cependant, ma mère admet elle aussi qu'elle n'a encore jamais vu Vicki dans un tel état de nervosité.

— Vous... vous avez parlé de moi à votre mère ?

— Je lui ai simplement dit que Vicki s'était trouvé une amie à Fort Lauderdale. Ne vous affolez pas, Vivian, en ce qui me concerne, notre passé est oublié, enterré. Cependant, vous saviez quels risques vous preniez en vous attachant de cette manière à Vicki. C'est à vous d'en supporter les conséquences, maintenant. Vous n'avez pas le droit de l'abandonner.

Vivian lâcha un cri.

— Ce n'était pas mon intention ! protesta-t-elle. J'aime beaucoup Vicki, mais j'avais fini de travailler en Amérique, et je devais rentrer pour mon fils !

Les traits de Gérard se radoucirent, tandis qu'il contemplait le visage du petit, couvert de chocolat.

— Il est très beau... Il vous ressemble.

— Merci, murmura-t-elle, vaguement mal à l'aise, en allant essuyer les joues maculées. D'accord, chéri, va jouer.

— Puis-je téléphoner, s'il vous plaît ?

— Oui, naturellement. L'appareil est dans le salon.

— Merci.

Il s'en fut sans tarder. Demeurée seule dans la cuisine, Vivian hésita. Devait-elle rejoindre Gérard et Tony dans l'autre pièce ? Pourquoi pas ? Elle était chez elle, non ?

— Oui, Maman, c'est moi, disait Gérard... Oui, elle est rentrée... Je la ramène à la maison avec son fils.

Vivian se pencha en avant pour protester.

— Vous...

— Nous serons là dans vingt minutes, conclut-il avant de raccrocher pour se tourner vers Vivian. Vous disiez ?

— Tony et moi ne vous accompagnerons nulle part ! Nous venons d'arriver.

— D'où veniez-vous ?

— Vous êtes tenace.

Il haussa les sourcils.

— Vous vous en apercevez seulement maintenant ?

— Non. Je vous savais arrogant et autoritaire.

— Alors ?

— Alors... ?

Elle comprit qu'il attendait toujours une réponse à sa question.

— Alors j'étais chez mon frère et son épouse.

— C'est la vérité ?

— Evidemment ! Pourquoi mentirais-je ? riposta-t-elle en le fusillant des yeux, furieuse.

— Bien... Nous partons ?

— Je vous répète que...

— Même pas pour Vicki ?

— C'est du chantage, à la fin ! explosa-t-elle.

— Vous avez eu tort d'obtenir la confiance de cette enfant et de vous enfuir ensuite.

Vivian devint pâle comme un linge.

— Je n'ai pas...

— Si ! rugit-il. Rien ne vous obligeait à venir avec nous à Disneyworld ! Vous auriez pu ignorer Vicki dès ce moment. Mais non, vous avez tenu à vous joindre à nous. Je ne vous permettrai pas de fuir vos responsabilités envers elle maintenant ! Elle est trop vulnérable.

— Mais... Je viens à peine d'arriver chez moi. Je ne suis pas habillée pour sortir et...

— Vous êtes toujours superbe, et vous le savez.

— Tony est dans un état pitoyable ! insista-t-elle en désignant son fils, dont les vêtements étaient tachés de chocolat.

— Changez-le. Mais dépêchez-vous. Ma mère nous attend.

Elle poussa un profond soupir, prit Tony dans ses bras et s'enferma dans la salle de bains. Au désespoir du petit, elle lui lava le visage et les mains, avant de lui mettre un pantalon et une chemisette propres. Tony adorait se salir, détestait être lavé ! Elle remit un semblant d'ordre dans ses boucles blondes, s'extasiant devant son air angélique.

A l'apparition de la jeune femme et du bébé, Gérard posa la revue qu'il feuilletait sur une table.

— J'ai cru, d'après ses cris, que vous l'étrangliez! déclara-t-il, visiblement très amusé.

— Ce n'est pas lui que j'ai envie d'étrangler... Tenez, prenez-le, ajouta-t-elle en déposant Tony sur ses genoux. Je vais me changer.

Elle s'attendait à entendre son fils protester en pleurant... Le silence régna : Tony découvrait, hypnotisé, captivé, fasciné, le visage de cet inconnu.

— Vous êtes très bien ainsi, déclara ce dernier.

— Je ne vais pas chez votre mère dans cette tenue!

— Pourquoi pas?

— Parce que! Je n'en ai pas pour longtemps.

— Je l'espère pour vous.

Elle claqua la porte de sa chambre et se précipita vers son armoire... Elle aimait Gérard, de toutes ses forces... Elle tenait donc, inconsciemment, à impressionner favorablement la mère de celui-ci. Elle émergea enfin de sa chambre, ravissante, vêtue d'une jolie robe de couleur lilas. Gérard haussa les sourcils en l'examinant de bas en haut, mais se retint de tout commentaire.

— Prête?

— Oui. Vous me rendez mon fils?

— Il se trouve bien avec moi. N'est-ce pas, bonhomme?

Vivian ramassa en toute hâte deux ou trois jouets, qu'elle fourra dans son sac avant de sortir avec Gérard.

— Montez derrière, je n'ai pas de siège de bébé, lui conseilla-t-il.

Elle obéit.

— J'aurais pu vous suivre dans ma voiture.

— Je vous ramènerai chez vous tout à l'heure.

— Mais...

— Taisez-vous!

— Ma parole, vous êtes insupportable, aujourd'hui!

Il lui jeta un coup d'œil par le biais du rétroviseur.

— Il est surexcité, ce petit, constata-t-il en le voyant s'agiter en tous sens.

— Vous avez entendu ce que je viens de vous dire?

— Oh, oui, Vivian, cependant je suis résolu à garder mon calme. Ma mère ne comprendrait pas que nous arrivions fâchés... Que faites-vous de Tony, lorsque vous travaillez? Cela ne vous gêne pas dans votre métier?

Elle eut un sourire un peu amer.

— En d'autres termes, vous voulez savoir si ma carrière m'empêche de l'élever convenablement.

— Si c'était le cas, je l'aurais avoué. Je ne vois pas pourquoi une femme ne pourrait pas travailler tout en s'occupant de ses enfants; c'est une question d'organisation. Ce n'est pas parce qu'on devient mère qu'on doit s'enfermer chez soi.

Elle haussa les épaules, résignée.

— Je l'emmène avec moi, en général; la plupart du temps, c'est possible. Il s'installe dans un coin, il est assez sage. Dans le cas contraire, je le laisse chez Simon et Janice. Si Tony devait souffrir de mes absences, je cesserais mes activités... Comment est votre mère?

— Soixante-huit ans, cheveux gris, yeux bleus, une femme adorable; mais ne lui dites pas que je vous l'ai avoué.

— Elle doit être... gentille.

— Oh, oui, ne vous inquiétez pas. Tony l'aimera d'emblée, comme tous les enfants, d'ailleurs. Elle aussi s'attachera à lui... Elle m'en veut de ne lui avoir jamais donné un petit-fils.

— Vous avez encore le temps, murmura-t-elle, tout en haïssant d'avance la femme qui mettrait au monde ce fils tant désiré.

— Non. Je n'ai pas l'intention de me remarier, assura-t-il avec force. Jusqu'ici, toutes mes passions ont été vouées à l'échec.

Elle rougit: sa flèche l'atteignait en plein cœur. Il s'en voulait de l'avoir aimée; il avait commis une erreur grossière, erreur aujourd'hui rectifiée.

La maison de Mme Daniels était située à la lisière de

Londres, dans un quartier exclusivement résidentiel. Vivian retint une exclamation admirative en pénétrant dans le hall immense, aux murs lambrissés d'acajou.

— C'est de pire en pire, déclara-t-il en voyant l'air ahuri de la jeune femme. Plus le temps passe, plus elle accumule de bric-à-brac...

Le « bric-à-brac » était en réalité une magnifique collection de meubles anciens et de bibelots en porcelaine d'une valeur inestimable. Le décor était élégant, raffiné, à l'image de la frêle dame qui se leva pour les accueillir quand ils entrèrent au salon.

— Vivian ! s'écria Vicki, en bondissant vers elle. Oh, Vivian, tu m'as tellement manqué !

— Toi aussi, tu m'as manqué, chérie, la consola Vivian en caressant doucement son front... Mais je suis là, maintenant... Et regarde qui je t'ai amené ! Vicki, je te présente Tony.

Vicki considéra le petit garçon, songeuse.

— Il est tout petit, n'est-ce pas ?

— Toi aussi, tu l'as été, autrefois, intervint son père. A présent, emmène-le à la cuisine et donne-lui un biscuit. Pendant ce temps, je vais présenter Vivian à ta grand-mère.

Vicki prit la main de Tony et l'entraîna hors de la pièce.

— Tout ira bien, affirma Gérard d'un ton rassurant. Molly, la gouvernante, va s'occuper d'eux... Venez, Vivian. Voici ma mère, Sarah Daniels. Maman... Vivian Dale.

La vieille dame lui adressa un sourire chaleureux.

— Je suis si heureuse de vous connaître, Vivian ! Asseyez-vous, je vous en prie. Molly va nous apporter le thé.

Vivian observa Gérard à la dérobée avant d'obéir. S'il s'installait à côté d'elle sur le canapé, cela la rassurerait... Non, il choisit un fauteuil et s'y cala confortablement, ses longues jambes croisées devant lui, un masque impassible

102

sur le visage. La gouvernante avança une table roulante, puis s'en fut discrètement.

— Voulez-vous servir le thé, Vivian ? Vous permettez que je vous appelle Vivian, j'espère ?

— Bien sûr.

— Mes mains me trahissent... l'arthrite, expliqua Mme Daniels.

A sa demande, Vivian ajouta du lait et du sucre dans la tasse de Mme Daniels, puis elle se tourna vers Gérard. Elle lui avait automatiquement donné une rondelle de citron.

— Oh ! Je...

— C'est très bien, Vivian, c'est ainsi que je l'aime.

— Mais... Coment ai-je pu le savoir ?

— Une devinette ? railla-t-il.

Elle rougit jusqu'aux oreilles, au comble de l'embarras. Elle n'avait pas la moindre idée de la façon dont il aimait son thé, mais apparemment, il avait supposé le contraire. Quand comprendrait-il qu'elle était vraiment amnésique ?

— Mon fils me dit que vous vous êtes rencontrés en Floride.

— C'est exact, convint Vivian.

— Je suis surprise de constater à quel point Vicki s'est attachée à vous. En général, elle est plutôt timide.

— Moi aussi, je l'aime bien.

— Je me demandais...

— Maman... Seuls Vivian et moi nous chargerons des problèmes de Vicki.

— Mais je voulais simple...

— Maman !

Mme Daniels se tut un long moment ; Vivian osa enfin briser le silence devenu pesant.

— Je serai ravie de recevoir Vicki chez moi.

— Demain ! s'exclama la fillette, qui venait de surgir en compagnie de Tony, armé d'un biscuit au sucre.

— Non, pas demain, déclara son père. Vivian a sûrement du travail.

— Mais elle emmène Tony avec elle !

— Tony est...

— Je pense pouvoir organiser cela, Gérard. J'ai une dernière séance avec Paul. Il ne m'en voudra pas d'imposer Vicki et Tony.

— C'est vrai ? Je peux y aller aussi ?

— C'est à ton père de décider.

— Papa ?

— Si cela n'ennuie pas Vivian, soupira-t-il, exaspéré.

— Mais non... Tony, non ! cria-t-elle en le voyant se précipiter directement sur la robe de soie de Mme Daniels : il brandissait devant lui cinq doigts bien collants.

Mme Daniels se leva en riant.

— Allons à la cuisine laver tout ça. Vous aussi, Miss Daniels. Vous avez du chocolat partout ! Venez...

Mal à l'aise, Vivian affronta l'expression désapprobatrice de Gérard.

— Vous êtes complètement folle ! grommela-t-il. Jamais Vicki ne vous lâchera, si vous persistez à l'encourager de cette manière.

— Je n'ai pas...

— Si, justement. Vicki est en vacances depuis quelques semaines seulement. Si vous ne restez pas sur vos gardes elle exigera de passer chaque jour des deux mois à venir en votre compagnie.

— J'essayais simplement de me rendre utile. Vous m'avez rappelé mes responsabilités envers...

— Vivian, taisez-vous ! coupa-t-il en l'attirant brutalement contre lui. Taisez-vous, répéta-t-il avant de réclamer ses lèvres.

Ce fut un baiser exquis et tendre... Il releva enfin la tête, son regard bleu plongé dans celui de la jeune femme.

— Vivian ?

— Oui ?

— Oh, rien... Maman et les enfants vont revenir d'un instant à l'autre.

104

Et il ne tenait pas à être surpris dans cette position par sa mère ! Vivian afficha un sourire forcé pour le bénéfice de Mme Daniels, qui faisait son entrée avec les petits.

— Tony et moi devrions rentrer, à présent.

— Vous ne voulez pas rester dîner avec nous ? proposa la vieille dame.

— Non, merci. Tony doit se coucher tôt, la journée a été longue.

— Bien sûr... Je... Gérard... Que vois-je, sur ta bouche ?

Elle sortit un mouchoir et lui tapota la figure.

— Je ne suis pas un bébé, Maman, protesta-t-il en reculant.

— Non, je sais, chéri, répliqua sa mère, une lueur pétillante dans ses yeux bleus. Cependant, cette couleur s'harmonise mal avec ton teint... Elle convient merveilleusement à Vivian, mais sur toi...

— Bien, Maman, j'ai compris... Allons-y, marmonna-t-il à l'intention de Vivian, en prenant Tony dans ses bras.

— Je peux venir aussi ? s'enquit Vicki, pleine d'espoir.

— Non. Tu restes ici avec ta grand-mère. Tu verras Vivian demain.

— C'est vrai, n'est-ce pas ?

— Attention, je passerai très tôt ! dit Vivian. Sois prête à huit heures.

— Elle le sera, assura Mme Daniels.

Sur le trajet du retour, Vivian risqua un coup d'œil en direction de Gérard : il semblait sur le point d'exploser de fureur. Au souvenir de l'incident du rouge à lèvres, elle sourit.

— Qu'est-ce qui vous amuse ?

— Je...

— Ne prenez pas la peine de répondre. Vous trouverez cela moins drôle quand vous vous rendrez compte que ma mère à l'âme d'une entremetteuse. Elle est convaincue que je dois me remarier. Et si j'en juge par ses réactions aujourd'hui, elle vous estime parfaite pour jouer le rôle d'épouse.

Ainsi Gérard était le seul à considérer cette solution comme ridicule.

Quant à Vivian, elle n'avait aucune envie de se lier pour le reste de sa vie à un homme qui ne l'aimait pas.

7

Vicki l'attendait avec impatience le lendemain matin, son père l'ayant déposée chez Mme Daniels sur le chemin de son bureau.

— Je suis désolée ! s'exclama Vivian. Je croyais que Vicki vivait chez vous en ce moment.

Mme Daniels parvint à la convaincre de prendre une tasse de café avec elle, tandis que Vicki et Tony jouaient tranquillement dans un coin.

— Elle ne passe que les week-ends avec moi, expliqua Mme Daniels... Ils s'entendent bien, n'est-ce pas ?

— En effet... Madame...

— Sarah, je vous en prie.

— A propos d'hier...

— Oui, soupira la vieille dame. Vous ne pouvez sans doute rien ajouter à ce que mon fils m'a déclaré.

— Gérard a... bavardé avec vous ?

— Il m'a grondée !

— Que vous a-t-il dit ?

— Voyons... Il m'a recommandé de ne pas intervenir, de me mêler de ce qui me regardait, de ne pas conclure trop hâtivement. Gérard a toujours été très direct, même petit garçon.

Vivian avait du mal à imaginer Gérard en culottes

courtes... À ses yeux, il avait toujours été arrogant et sûr de lui.

— Un de ces jours, je vous montrerai des photos, ajouta Mme Daniels. Cela vous amusera.

— Volontiers, sourit Vivian. Mais cela ne plaira probablement pas à Gérard.

— Tant pis pour lui ! D'ailleurs, nous nous passerons de son avis. Je vais les trier, vous les verrez lors de votre prochaine visite.

Vivian n'avait plus le temps de discuter, de se lancer dans d'interminables discours pour dissuader cette charmante dame de l'inviter de nouveau. Elle mit les enfants dans la voiture et s'en fut à toute allure au studio.

— Tu es en retard ! explosa Paul, courroucé... Juste ciel, Vivian, ce n'est pas une école maternelle, ici !

— Oh, Paul, tais-toi ! intervint Carly tout en aidant Vivian à installer Vicki et Tony avec leurs jouets au fond de la salle.

Vivian revêtit un short minuscule et un tee-shirt, soulagée de ne plus avoir à poser dans cette tenue sur la plage de Fort Lauderdale.

— Je ne pensais pas que cela te gênerait, s'excusa-t-elle en se plantant devant l'appareil.

— C'est la fille de Daniels, n'est-ce pas ?

— Oui, avoua-t-elle, rougissante.

— C'est curieux ! Souris. Oui, comme ça. Baisse les yeux. Voilà... Daniels n'avait pas parlé... sois plus machiavélique, Vivian... Il n'a pas parlé de... regarde par ici. Ne souris plus... de rentrer en Angleterre.

— Ce fut une décision de dernière minute, répliqua-t-elle.

— Vraiment !

— Paul...

— Change-toi, Vivian.

Elle effleura gentiment son bras en passant devant lui.

— Je suis désolée, pour les enfants.

— Ce n'est rien, éluda-t-il avec un haussement

d'épaules. J'adore Tony, tu le sais bien, et Vicki est mignonne. Tant qu'ils ne nous dérangent pas dans notre travail...

La fillette se montra d'une sagesse exemplaire. Elle paraissait enchantée, du moment que Vivian ne s'éloignait pas trop. Lorsque celle-ci la déposa chez sa grand-mère, Mme Daniels insista pour lui offrir le thé. Vivian refusa de rester dîner, de peur de rencontrer Gérard quand il passerait chercher Vicki.

— Je peux venir aussi demain ? s'enquit cette dernière.

Vivian réfléchit quelques instants : le lendemain, elle posait pour Jimmy Lance, un photographe qui vouait une passion sans bornes à tous les enfants.

— Je crois, oui.

— Vous en êtes certaine ? lui demanda Mme Daniels.

— Pour cette fois, oui. Mais ce ne sera pas toujours possible, Vicki.

En effet, le vendredi suivant, elle dut renoncer à emmener les petits avec elle. Elle avait une séance en studio, à plusieurs kilomètres de la capitale. Mme Daniels proposa aussitôt de garder Tony chez elle toute la journée et, devant son insistance, Vivian finit par céder. Elle déposa donc son fils chez la vieille dame à sept heures trente du matin. En général, Vicki et son père arrivaient plus tard.

Elle n'avait pas vu Gérard de la semaine, s'étant toujours arrangée pour l'éviter à deux ou trois minutes près. Ce vendredi, cependant, la chance n'était pas avec elle...

Tony s'était déjà perché sur le bras d'un fauteuil, tourné vers la fenêtre.

— Bicki ! s'écria-t-il, surexcité... Bicki !

Le cœur de Vivian se serra. Si Vicki était là, son père n'était pas loin...

— Vivian, vous travaillez en banlieue aujourd'hui...

— Oui, je travaille, riposta-t-elle d'un ton sec, affreusement mal à l'aise sous ce regard perçant. Je vous avais prévenu...

— Je tentais simplement d'engager une conversation aimable, Vivian.

— Ah... Excusez-moi.

Il poussa un profond soupir.

— Vicki ne vous a pas trop ennuyée cette semaine ?

— Pas du tout, j'étais contente de l'avoir avec moi. Avez-vous remplacé Miss Rogers ?

Gérard Daniels, fidèle à ses promesses, avait renvoyé la jeune femme dès leur arrivée en Angleterre.

— Pas encore. Cependant, si cela vous pose des problèmes de vous occuper de Vicki...

— Absolument pas ! interrompit-elle. Je vous le répète, j'aime bien l'avoir avec moi. Tony aussi, d'ailleurs.

— Dans ce cas, permettez-moi de vous rendre la pareille. Venez donc passer la journée de dimanche avec nous.

— Je...

— Cela vous convient-il, oui ou non ? Si vous n'êtes pas libre, Vicki et moi trouverons une autre occupation, ne vous inquiétez pas.

— Nous serons là, déclara-t-elle, les dents serrées.

— Parfait. Je passerai vous prendre à dix heures... A plus tard ! conclut-il avant d'embrasser affectueusement sa mère sur la joue.

Vivian le vit enlacer sa fille, passer une main dans les boucles blondes de Tony. Après son départ, elle put de nouveau respirer calmement. Elle devint écarlate en découvrant que Sarah Daniels la dévisageait, très amusée.

— Mon fils est diabolique, rit-elle.

— En effet ! acquiesça Vivian.

— Ne vous mettez pas en retard...

— Mon Dieu, c'est vrai, j'oubliais l'heure !

Elle s'en fut précipitamment. A son grand désarroi,

l'automobile de Gérard était encore garée devant la maison. Il baissa lentement sa vitre.

— Comment allez-vous, Vivian ? s'enquit-il d'une voix douce.

— Bien, merci.

— Vous êtes obligée de travailler aujourd'hui ?

— Evidemment ! Pourquoi ?

— J'avais envie de faire l'école buissonnière avec vous. Mais si vous avez un contrat à respecter...

Il mit son moteur en marche. Vivian se mordit la lèvre.

— Je...

Elle aurait tellement aimé le suivre ! Cependant, jamais encore elle n'avait failli à ses engagements.

— Non, je ne peux pas me dédire maintenant. Je suis désolée.

— Je ne vous en veux pas. A dimanche.

— Pourquoi, Gérard ? Pourquoi vouliez-vous m'emmener avec vous ?

— Je n'en sais rien !

Il remonta sa vitre et démarra en trombe.

Vivian passa une journée pénible ; elle était déprimée, sans vie, à tel point que Joyce, la photographe, finit par interrompre la séance.

— Vivian ! soupira-t-elle. Ce n'est pas cela du tout ! Ce soutien-gorge a été créé pour ex-ci-ter ! Pense à l'homme de ta vie !

Gérard... Son regard se voila de désir inassouvi.

— Superbe ! Tu es superbe, Vivian ! Continue !

Vivian sentit un flot de rouge lui monter aux joues.

— Tu as pris les photos ?

— Oui... L'homme de ta vie, ce doit être quelqu'un !

— En effet, admit-elle d'une voix rauque.

— Mais tu nous le caches...

Vivian contempla la jeune femme : Gérard serait-il séduit par les charmes de Joyce ? Oui... Elle était très belle, avec ses longs cheveux noirs et son regard clair... Un sentiment de jalousie la submergea.

111

Elle ne savait plus si elle était furieuse ou ravie, lorsqu'en arrivant chez Sarah Daniels, elle repéra la Jaguar de Gérard. Il était là ! Il était rentré tôt : il était à peine seize heures trente...

Un spectacle aussi inattendu que réjouissant l'attendait dans le salon. Gérard était allongé sur le tapis, Tony s'était étalé de tout son long sur son torse, et tous deux riaient aux éclats. Vicki, accroupie à leurs côtés, semblait s'amuser franchement, elle aussi.

— Bonsoir, Vivian...

Sarah souriait, sereine devant ce chahut.

— Bonsoir, répondit Vivian.

Gérard se leva et prit Tony dans ses bras.

— Vous semblez fatiguée.

— Maman... Maman !

Tony lui tendit ses petites mains et vint pelotonner sa tête au creux de son épaule.

— Merci, chéri. Toi au moins, tu sais m'accueillir gentiment !

Gérard arbora un sourire moqueur.

— Moi aussi, je sais vous accueillir gentiment.

Il l'attira contre lui et l'embrassa sur la bouche.

— Oh ! s'exclama-t-elle, cramoisie.

Quelle audace ! Devant Mme Daniels et les enfants ! Gérard se tourna vers sa mère, sortit un mouchoir de sa poche, et se tapota les lèvres.

— Que penses-tu de cette teinte, maman ?

— Elle te va mieux que l'autre ! assura cette dernière, une lueur pétillante dans les yeux.

— C'est bien ce que je pensais.

— Tony et moi devons nous en aller, annonça Vivian. Merci de vous êtes occupée de lui aujourd'hui, Sarah.

— Ce n'est pas moi qu'il faut remercier, mais Gérard. Il les a emmenés tous les deux au parc cet après-midi.

— Ah ? Mais, vous n'avez pas de siège de bébé dans votre voiture...

— J'en ai acheté un ce matin.

112

— Vous... ? C'était inutile !

— C'est plus prudent.

— Cependant...

— Cessez de discuter, Vivian, grommela-t-il. Et asseyez-vous. Vous ne partirez pas d'ici avant d'avoir pris une tasse de thé... Assise !

— Je ne suis pas un chien !

— Je sais. Repos !

Vivian retint sa respiration, contrôlant avec difficulté sa colère. Comment osait-il la traiter ainsi devant sa mère ? Comment osait-il ?

Elle s'apprêtait à s'éclipser lorsqu'il surgit, poussant devant lui une table roulante.

— Je vous avais ordonné de vous reposer, lui reprocha-t-il avec sévérité. Vicki, laisse Vivian tranquille, elle est épuisée.

— D'accord...

La petite ramassa le tableau et les pions de son Jeu de l'Oie et se rapprocha de Sarah, suivie de près par Tony qui trottinait derrière elle comme son ombre.

— Allez-vous me laisser tranquille, à la fin ? marmonna Vivian.

— Moi ? Je vous ennuie ?

Il poussa le plateau devant elle.

— Oui, je sais, reprit-il, il n'y a qu'une tasse : nous avons déjà pris notre thé... Je ne me moquais pas de vous. Je sais combien votre métier est dur.

— Le savez-vous vraiment ? Combien de mannequins avez-vous séduits ?

— Un seulement, décréta-t-il en s'agenouillant près d'elle.

— Je suppose... C'était moi ?

— Oui. Buvez, mangez, vous vous sentirez mieux ensuite.

Elle s'exécuta sans se faire prier davantage ; cependant, elle ne put se résoudre à savourer une pâtisserie. La présence de Gérard la rendait terriblement nerveuse et cela lui coupait l'appétit.

Pour tout étranger, cette scène eût paru des plus naturelles... Réunion d'une famille heureuse... Bonne-maman jouant avec ses petits-enfants dans un coin. Papa et Maman bavardant à voix basse, les yeux dans les yeux... Brusquement, elle revint à la réalité : Gérard la dévisageait d'un regard intense. Elle se détourna vivement, confuse.

— Je dois m'en aller, à présent. Je vais donner son bain à Tony et lui préparer son dîner.

— Vous travaillez trop. Vous devriez engager une gouvernante pour votre fils.

— Tout le monde ne peut pas se le permettre, rétorqua-t-elle, méprisante. D'ailleurs, j'aime mieux l'élever moi-même... Allons, bonhomme, poursuivit-elle en le voyant bâiller... Au lit !

— Je le porte jusqu'à votre voiture, proposa Gérard.

— C'est inutile...

— Je le sais, mais tant pis. Vous m'agacez avec vos attitudes de femme indépendante.

— Je ne suis pas...

— Si ! Ma mère m'a raconté combien elle a eu du mal à vous persuader de lui laisser Tony aujourd'hui.

— Je ne voulais pas la déranger...

— Ça suffit ! Vous vous êtes chargée de Vicki toute cette semaine, nous pouvions au moins garder Tony une journée. Maman l'adore, vous vous en êtes certainement rendu compte par vous-même ?

— Oui, bien sûr.

— Et cela vous gêne ?

— Non, admit-elle... Mais cela complique la situation.

— Absolument pas ! riposta-t-il. En y réfléchissant, c'est d'une simplicité enfantine !

— Que voulez-vous dire ?

Elle s'était redressée d'un mouvement vif, sur le qui-vive. Cependant, Tony choisit cet instant précis pour réitérer son bâillement.

— Il est très fatigué, soupira Gérard. Il est temps de le ramener chez lui.

— Je vous signale que c'est ce que j'essaie de faire depuis une heure !

— Vous êtes bien irritable, ce soir !

— Quant à vous, vous êtes d'une arrogance insupportable, comme d'habitude !

— Au moins, vous n'avez pas été déçue, répliqua-t-il avec un sourire narquois.

Elle rougit... Mme Daniels devait se demander ce qu'ils pouvaient se raconter ainsi, à voix basse, depuis plusieurs minutes. Gérard ne s'était pas trompé en la décrivant comme une entremetteuse dans l'âme... Sarah ne manquait pas une occasion de chanter les louanges de son fils. Elle avait montré à Vivian des photos de Gérard petit garçon, comme promis... Celle-ci avait donc pu constater son évolution, du berceau au jour de son mariage.

La mariée, Tina Daniels, était une femme frêle, ravissante, au visage d'une finesse extrême... Gérard avait à peine changé depuis ce grand jour... Naturellement, en dix ans, il avait acquis quelques rides supplémentaires et des cheveux grisonnants, mais en dehors de cela, il demeurait fidèle à son image d'autrefois...

Un sentiment poignant de jalousie s'était emparé de Vivian, pendant qu'elle voyait défiler ces photos... Gérard et Tina en vacances... Gérard portant Vicki dans ses bras... Vivian était rentrée chez elle dans un état dépressif. Elle en voulait à Gérard d'avoir vécu tant de moments heureux sans elle...

Ce soir, en quittant cette belle maison, elle était tout aussi désemparée. Elle ne comprenait pas Gérard. Ils ne s'étaient pas vus de la semaine. Ce matin, il l'avait considérée comme une étrangère, ce soir, il n'avait cessé de la taquiner... Une vie entière ne suffirait pas pour découvrir les innombrables facettes de ce personnage complexe !

Le samedi matin, elle se rendit chez Simon et Janice. Son frère et sa belle-sœur se montrèrent d'une curiosité insatiable... Qui était « Bicki » ?

— Vicki Daniels, expliqua Vivian, à contrecœur.

Simon haussa un sourcil inquisiteur.

— Qui est-ce, par rapport à Gérard Daniels ?

— Sa fille.

— Ah !

— Ne dis pas « ah » comme cela ! explosa-t-elle. Je me suis occupée d'elle en attendant que son père lui trouve une gouvernante.

Ce n'était pas l'exacte vérité, mais elle était certaine que Gérard finirait par remplacer Fanny Rogers.

— Tony l'aime beaucoup, fit remarquer Simon.

— Oui.

— Et toi ? Tu apprécies toujours autant le père de cette petite ?

— Simon...

— Tu ne m'avais pas dit qu'il devait rentrer en Angleterre.

— Je ne le savais pas moi-même ! se défendit-elle avec véhémence. Il... il a surgi devant ma porte.

— Avec sa fille.

— Euh... non. Mais je l'ai vue un peu plus tard.

Simon se mit à rire.

— Relation pure et platonique, c'est cela ?

— Ce n'est pas drôle ! riposta Vivian. Je suis prise au piège, et je ne suis pas certaine de le souhaiter.

— Ah, non ?

— Je n'ai pas envie de demeurer simplement une amie de Vicki.

— Tu préférerais le père...

— Simon... !

— Calme-toi, petite sœur ! ricana-t-il. Et ne me prive

116

pas d'un de mes plus grands plaisirs : celui de te taquiner.

— Simon le Simplet ! soupira-t-elle, découragée... Non... Non ! hurla-t-elle, tandis qu'il abandonnait sa chaise longue pour s'avancer sur elle et la jeter sur son épaule. Non !... Traître ! s'écria-t-elle, à l'intention de Tony, qui gazouillait, enchanté par cette scène pittoresque... Simon ! Pose-moi par terre ! Je t'en supplie !

— D'accord, dit-il, tout en se rapprochant dangereusement de la haie.

— Non, Simon ! Simon, j'ai le vertige !

— C'est pour cela que j'accepte de te lâcher.

— Pas dans la haie !

— Puis-je me rendre utile ?

Cette voix... ! Gérard était apparu derrière eux, avec Janice.

— Je vous présente mon mari, Simon, annonça-t-elle. Je crois que vous connaissez déjà Vivian.

Au grand désarroi de la jeune femme, Simon serra la main de Gérard Daniels... mais elle était toujours en travers de son épaule, la tête en bas, toutes jupes soulevées.

— Content de vous rencontrer, monsieur Daniels.

— Simon... gémit-elle.

— Oui... ?

Elle ne vit pas le clin d'œil qu'il avait adressé au nouveau venu.

— Si tu ne me poses pas à terre maintenant, je te préviens que je... que je...

— Oui ?

— Je t'en supplie, pose-moi !

— Il suffisait de le demander gentiment ! répliqua-t-il, en s'exécutant, un large sourire éclairant son visage.

Rougissante, confuse, elle défroissa sa robe d'un geste machinal.

— Je m'y employais depuis cinq bonnes minutes, protesta-t-elle.

— C'est bizarre, je ne t'avais pas entendue.

Elle le foudroya du regard avant de se tourner vers Gérard. Il arborait un sourire aussi goguenard que celui de Simon, ce qui n'adoucit en rien sa mauvaise humeur.

— Vous aviez à me parler, Gérard ?

— Non, pas vraiment.

Elle parvint tout juste à se retenir de rétorquer vertement : pourquoi était-il là, s'il n'avait rien de particulier à lui annoncer ?

— Vicki va bien ?

— Très bien.

— Et votre mère ?

— En pleine forme.

— Ah...

Elle plissa le front, perplexe. Que faisait-il ici ?

— Moi aussi, je suis en bonne santé, au cas où cela vous intéresserait, ajouta-t-il.

— Entrez, je vous offre une bière ! suggéra Simon.

— Avec plaisir.

Les deux hommes s'en furent en riant.

— Très sympathique, approuva Janice, restée seule avec sa belle-sœur.

— Oui, marmonna Vivian.

— Il déjeune avec nous ?

— Il n'en est pas question ! Et je t'interdis de l'inviter !

Elle se raidit : Simon et Gérard réapparaissaient, suivis de près par Tony, qui avait glissé sa petite main potelée dans celle de Gérard. La gorge de Vivian se serra... Son fils vouait une adoration sans limites à ce nouvel ami.

— J'ai invité Gérard à déjeuner ! annonça fièrement Simon.

— Quelle bonne idée, murmura Vivian entre ses dents.

Elle se chargerait de punir son frère plus tard. Pour le moment, l'important était de s'adapter le mieux possible à la situation. D'après le regard narquois de Gérard, celui-ci savait exactement ce qui lui passait par la tête...

Comme toujours… Il était expert en l'art de déchiffrer ses moindres pensées !

— Malheureusement, je ne peux pas rester. Je dois aller chercher Vicki chez ma mère.

— Quel dommage ! s'exclama Simon, sincèrement déçu. Une autre fois, peut-être ?

— Volontiers… A présent, je vous quitte.

— Revenez quand vous voulez ! l'encouragea Janice.

— Je n'y manquerai pas ! lui répondit Gérard, avant de s'accroupir devant Tony. Je vais partir, bonhomme, lui expliqua-t-il d'une voix douce. Au revoir. Vivian, à demain, dix heures !

— Oui…

Hébétée, elle le vit s'éloigner de sa démarche féline. Quelle était la signification de cette visite impromptue ? Mais déjà, Tony courait derrière lui.

— Papa !

« Papa » se raidit et s'immobilisa. Il se pencha vers le petit garçon, le prit dans ses bras, le serra très fort contre lui.

— Tony…

Vivian avait blêmi. Jambes flageolantes, elle les rejoignit.

— Je suis désolée, balbutia-t-elle. Je ne sais pas ce qui lui prend. Jusqu'ici, il ne prononçait que les mots maman et Bicki. Je ne comprends pas…

— Ce n'est pas grave, Vivian. Sans doute a-t-il entendu Vicki m'appeler ainsi hier après-midi. A son âge, on apprend vite, on répète tout, comme un perroquet.

C'était possible, mais cela ne diminuait en rien son embarras ! Elle n'avait qu'une envie : s'enfuir en courant.

— C'est exact, mais il ne peut pas vous appeler Papa.

— Cela ne m'ennuie pas.

— Moi, si. Cela ne peut pas continuer, Gérard. Nos enfants sont complètement désorientés.

— Je suis d'accord avec vous, acquiesça Gérard en lui rendant son fils.

Elle se mordit la lèvre.

— Vous pensez donc que nous devrions cesser de nous voir ?

— C'est une solution.

— Ah... La journée de demain est donc annulée ? chuchota-t-elle, un sanglot dans la gorge.

— Je n'ai pas dit cela. Non, nous nous verrons demain. Nous envisagerons le problème à partir de là. D'accord ?

— D'accord.

Dieu merci, ils passeraient encore un petit moment ensemble ! Etait-elle folle de proposer qu'ils mettent un terme à leurs rencontres ? Cette fois, Gérard réussit à s'éclipser sans aucune protestation de la part de Tony. Ce fut une Vivian aux joues en feu qui se retourna vers Simon et Janice.

— Je l'aime bien, lui confia Simon.

— Moi aussi, renchérit son épouse.

Vivian les aurait volontiers embrassés avec fougue : ils étaient adorables d'ignorer la bévue du bébé ! Simon s'amusait à la taquiner, mais il avait eu la sagesse de comprendre que Gérard Daniels n'était pas un bon sujet de plaisanteries.

Gérard arriva à dix heures précises le lendemain matin, comme convenu, accompagné d'une Vicki surexcitée. Installé dans son siège personnel, Tony battait des mains.

— Tu as apporté ton maillot, Vivian ? s'enquit Vicki.

— Non... J'en aurai besoin ?

— En général, Papa et moi pique-niquons, puis nous allons nous baigner.

— Pas aujourd'hui, Vicki, intervint Gérard. Tony est trop petit pour nager.

— Bien sûr ! Nous irons au parc ? S'il y a des balançoires, je pourrai le pousser !... Mais pas trop fort, parce qu'il est encore bébé.

— A propos de maillots, sourit Vivian, j'espère que

ceux que j'ai eu l'occasion de porter en Floride ne sont pas destinés à aller dans l'eau ?

— Si, je crois, marmonna Gérard, sourcils froncés.

— Dans ce cas, vous risquez de recevoir un nombre incalculable de plaintes !

Elle lui raconta ce qui s'était passé quand elle avait plongé dans la mer à la fin de la séance de photos.

— J'étais très gênée, surtout devant Paul, conclut-elle.

— Vous voulez dire que lui et vous n'étiez pas amants ?

— Jamais de la vie ! s'écria-t-elle, indignée. Paul vit avec Carly depuis plus d'un an !

— Et avant cela ?

— Avant cela, j'étais l'épouse d'Anthony, et j'étais enceinte de Tony.

— Et encore avant cela, c'était moi...

— Oui...

— Il n'y a donc eu personne depuis Anthony ?

— Mais non ! Pourquoi toutes ces questions ?

— Simple curiosité, éluda-t-il en haussant les épaules.

Elle le fusilla des yeux.

— Dans ce cas, gardez-la pour vous, votre « curiosité » !

— Je n'avais pas l'intention de prolonger cet interrogatoire. Je sais tout ce que je voulais savoir.

— Tant mieux pour vous ! Et moi, ai-je droit d'enquêter sur votre vie privée ?

— Je vous en prie.

Réaction typique ! Une fois de plus, il la prenait de court. Elle attendait une riposte sévère. A présent, elle n'avait pas le choix : elle ne pouvait qu'approfondir un sujet qui la mettait fort mal à l'aise.

— Alors ?

— Alors quoi ? répliqua-t-il.

— Combien de femmes dans votre vie ? Avant moi, ou après ?

— Voyons... Barbara... Celia, et...

— Soyez bref, contentez-vous de me donner le chiffre.

— Oh... une vingtaine.

— Une vingtaine !

Un véritable harem ! Quelle horreur !

— J'ai été marié dix ans, ne l'oubliez pas. Et, croyez-le ou non, je suis resté fidèle à ma femme jusqu'au jour où je vous ai rencontrée.

— Mais vingt... c'est... c'est énorme !

— Cela vous ennuie ? s'enquit-il en l'observant du coin de l'œil.

Oui, cela l'ennuyait. Terriblement. Quelle place tenait-elle dans cette longue liste de conquêtes féminines ?

— Vivian ?

— Oui ?

— Juste ciel, j'ai trente-neuf ans ! soupira-t-il, exaspéré.

— Sommes-nous encore loin ? Les enfants sont sûrement affamés.

— Oh, oui ! s'exclama Vicki... Tony aussi !

— Bien, bien ! s'esclaffa son père. Cherchons un joli site.

Il réagissait comme si cette conversation n'avait pas eu lieu... Sitôt après avoir sorti leur panoplie de pique-niqueurs de la voiture, il entreprit une partie de chat-perché avec Vicki et Tony. Vus de l'extérieur, ils devaient incarner l'image réjouissante d'une jeune famille heureuse et unie. Cependant, Vivian était tellement désemparée qu'elle put à peine profiter du délicieux repas préparé par la gouvernante de Sarah Daniels.

L'heure de la sieste arriva : les enfants s'allongèrent sur une couverture et s'endormirent paisiblement. Gérard et Vivian se calèrent contre un tronc d'arbre.

— Vicki va de mieux en mieux, constata-t-il.

— Ah oui ? répondit distraitement Vivian, l'œil ostensiblement fixé sur un chien qui jouait un peu plus loin avec un ballon.

— Pas une seule crise depuis notre retour de Floride.

— Peut-être préfère-t-elle l'Angleterre, tout simplement. Elle y voit sa grand-mère et...

— Et vous, et Tony.

— Pas pour longtemps. Vous avez dit vous-même qu'à partir d'aujourd'hui, nous ne nous rencontrerions plus, murmura-t-elle, des larmes dans la voix.

— Non, protesta-t-il. Je n'ai jamais dit cela. J'ai parlé d'envisager le problème sous un angle différent. Le moment est venu d'en discuter. Savez-vous pourquoi je me suis rendu chez votre frère, hier ?

— Non.

— Je trouvais normal de rencontrer Simon et sa femme avant de vous demander votre main.

— Avant de... ! Que... que dites-vous ?

Il se leva brusquement et lui tourna le dos.

— C'est la seule solution.

— So... solution ? bredouilla-t-elle.

— Tony a besoin d'un papa, Vicki d'une maman.

— Et vous et moi ? De quoi avons-nous besoin ? s'écria-t-elle.

— Ce n'est pas le plus important pour l'instant. Alors ? Quelle est votre réponse ?

8

Quelle était sa réponse ? Que pouvait-elle répondre à une demande en mariage de ce type ?

Et pourtant... Il lui suffisait d'un mot, d'un tout petit mot : « oui », et elle deviendrait l'épouse de Gérard, ce qu'elle souhaitait avec ardeur. Gérard l'avait aimée, autrefois. Peut-être parviendrait-elle à ranimer la flamme de sa passion ?

— Si vous voulez y réfléchir plus longuement.

— Non !

— Non, vous ne voulez pas vous marier, ou non, vous n'avez pas besoin de temps pour y penser ?

— Je ne sais pas...

Elle ne voulait surtout pas montrer trop d'empressement : Gérard pourrait comprendre à quel point elle l'aimait.

— C'est une décision grave, reprit-elle.

— Je ne vous empêcherai pas de poursuivre votre carrière, décréta-t-il d'un ton froid et impersonnel. Vous savez ce que je pense des mères qui travaillent. J'engagerai une gouvernante, qui pourra s'occuper de Vicki et de Tony.

— Il n'en est pas question ! Je suis prête à abandonner mon métier pour élever les enfants. D'ailleurs, j'ai toujours souhaité m'orienter vers le stylisme. Je pourrais le faire chez moi.

— Comme vous voudrez... Je vous mets à l'aise, c'est tout.

— Merci... Je peux vous donner ma réponse demain ? s'enquit-elle, le regard fixé sur ses mains crispées.

— Quand vous voudrez. Rien ne presse.

— Demain... je vous le dirai demain.

— Bien.

— Je vous téléphonerai.

— Je dois m'absenter de Londres. Je passerai chez vous dans la soirée.

— Entendu, opina-t-elle.

Deux étrangers... Evidemment, ils ne se mariaient pas par amour. Ils songeaient uniquement à leurs enfants. C'était la solution idéale ! Pourquoi Vivian était-elle si triste ? Parce qu'il ne lui demandait pas de jouer un rôle d'épouse, mais un rôle de mère. Cette union serait un échange de bons procédés... une mère pour Vicki contre un père pour Tony.

Mais Vivian savait déjà qu'elle accepterait.

Le reste de cette journée lui fut pénible : elle éprouva les plus grandes difficultés à agir avec naturel devant les deux enfants, tant elle était tourmentée.

Ayant couché Tony, elle put enfin se consacrer à toutes ses réflexions. Comment se déroulerait cette nouvelle vie ? Ce mariage serait-il un succès ? Non... Ce serait horrible ! Insupportable !

N'ayant aucun contrat à respecter le lendemain, elle téléphona à Simon pour lui demander de le voir. L'opinion de son frère l'aiderait à prendre une décision définitive. Il promit de venir à l'heure du déjeuner.

— Qu'en penses-tu, toi ? voulut-elle savoir, après lui avoir longuement expliqué le problème.

— Et toi ?

— Je vais dire oui, avoua-t-elle en se mordillant la lèvre.

126

— Je m'en doutais.

— Alors ?

— Alors quoi ?

— Ai-je raison ?

— A ton avis ?

— Non, soupira-t-elle.

— Pourtant, tu vas accepter.

— Oui.

— Parce que tu l'aimes.

— Oui.

— Voilà ta réponse.

— Mais lui ne m'aime pas ! s'écria-t-elle. Autrefois, il m'a aimée, plus maintenant !

— Il te l'a dit ?

— Oui...

En Floride, Gérard lui avait démontré clairement quels étaient ses sentiments envers elle.

— Dans ce cas, tu as peut-être tort de l'épouser.

— Mais c'est ce que je désire le plus au monde !

Simon fronça les sourcils, songeur.

— Que puis-je te dire, Vivian ? Oui, fonce, s'il ne t'aime pas, cela n'a aucune importance ! Il cherche simplement une mère pour sa fille.

— Tony aura aussi un papa.

— Oui.

— Tu crois que ce serait manquer de loyauté envers Anthony ?

— Certainement pas ! protesta-t-il avec ferveur. Il serait le premier à vouloir ton bonheur. Mais... seras-tu heureuse avec Gérard Daniels ?

— J'essaierai... Je risque un échec, pourtant cela vaut la peine d'essayer.

— A cause des enfants ?

— Non, à cause de moi. De Gérard, aussi. Je suis certaine de pouvoir l'aimer, s'il me le permet. Nous nous sommes connus, autrefois, notre passion pourrait renaître.

— L'amour ne meurt jamais complètement... On oublie, mais on ne l'enterre pas.

Elle eut une moue amère.

— Moi, j'ai oublié, murmura-t-elle. Gérard ne me le pardonnera sans doute jamais.

— Ce n'est pas ta faute !

— Non, acquiesça-t-elle, tout bas.

Il consulta sa montre, à regret.

— Je dois retourner au travail. Pourquoi ne pas passer chez nous ce soir ? Nous pourrons reprendre cette conversation, si tu veux.

— J'ai promis à Gérard de lui donner ma réponse ce soir.

Il haussa les sourcils.

— Il ne t'a pas accordé beaucoup de temps pour réfléchir.

— C'est moi qui ai pris cette initiative. J'aurais répondu oui hier, mais je ne voulais pas paraître trop enthousiaste.

Simon se leva, prêt à partir.

— Ne fixe pas la date du mariage à cette semaine. Je ne pourrais pas me libérer.

— Oh, Simon, je t'adore ! sanglota-t-elle en se jetant contre lui.

— Les grands frères sont faits pour ça.

— D'après toi, dois-je prévenir Papa et Maman ? Ils viendraient peut-être d'Australie pour l'occasion, avec Nigel et Jennifer, bien sûr.

— Si tu ne les invites pas, tu auras de leurs nouvelles !

— Cela me gêne un peu de le leur annoncer : la dernière fois, ils sont venus pour assister à mon mariage avec Anthony.

Simon hocha la tête.

— Ils étaient présents à ses obsèques aussi.

— Ah, oui, marmonna-t-elle, morose.

— Allez, Vivian, secoue-toi. Sois gaie, souris !

... Gérard apparut comme promis dans la soirée. Au

grand désarroi de la jeune femme, il était seul. Pour des raisons qu'elle ne s'expliquait pas, Vivian s'attendait à le voir en compagnie de Vicki.

— Elle est chez ma mère, expliqua-t-il. Tony est couché, je suppose?

— Oui.

Pas un instant elle n'avait imaginé qu'ils puissent se retrouver en tête à tête! Elle se percha sur le bord d'une chaise, en proie à une extrême nervosité.

— Je suis arrivé fort tard de Birmigham, reprit-il. Je me suis rendu directement ici.

— Vous avez dîné?

— Je mangerai plus tard.

Vivian se leva, grande, mince, élancée.

— Voulez-vous une omelette et une salade?

— Ne vous dérangez pas pour moi.

— Vous semblez harassé. Vous devriez vous mettre au lit.

Elle devint écarlate en comprenant ce qu'elle venait de dire. Quelle idiote elle était! Gérard poussa un profond soupir, paupières closes.

— Je sais que ce n'était pas une proposition, Vivian. Sur ce point, vous m'avez clairement démontré vos intentions.

— Je... je vais vous préparer un repas léger.

Elle s'enfuit dans la cuisine, les joues brûlantes.

Elle se comportait comme une gamine, comme une écolière timide, pas comme une femme envisageant de se marier pour la seconde fois! Elle devait à tout prix se maîtriser!

Elle était prête à découvrir un Gérard profondément endormi lorsqu'elle revint au salon avec son plateau. Il était bien réveillé... il avait enlevé sa veste et sa cravate, et se détendait, confortablement calé dans un fauteuil, en fumant une cigarette. Il l'éteignit dès son apparition et s'approcha de la table, où elle disposait le couvert.

— J'aurais pu dîner en rentrant à la maison.

En dépit de ses protestations, il dévora ses œufs avec appétit. Puis il insista pour l'aider à laver la vaisselle.

— Vous avez parlé avec Simon aujourd'hui ? s'enquit-il, de retour dans le salon.

Elle écarquilla les yeux.

— Comment avez-vous deviné ?

— C'est votre frère, il est normal que vous ayez éprouvé le besoin d'en discuter avec lui.

— Et vous ? Avez-vous consulté votre mère ?

— Ce n'est pas elle que vous épouserez.

— Vicki est au courant ?

— Pas encore, non. Il me paraît inutile de lui donner trop d'espoir, alors que je ne connais pas moi-même votre réponse.

— C'est... c'est oui, murmura-t-elle en s'humectant les lèvres.

— Oui, vous vous mariez avec moi ?

— Oui.

Il était très tendu... Il se pencha légèrement vers elle.

— Vous êtes certaine d'avoir bien réfléchi ?

— Oui.

— Je crains de ne pas m'être assez clairement exprimé, hier.

— Mais si, balbutia-t-elle, au bord des larmes, la gorge serrée. Vicki a besoin d'une mère, Tony d'un père.

— Et moi, d'une épouse !

Elle tressaillit, soudain à court de souffle.

— Une... épouse ?

— Oui ! trancha-t-il en se levant d'un mouvement vif pour arpenter la pièce de long en large. Vous vous attendiez à un mariage de convenance, n'est-ce pas ? Vous de votre côté, moi du mien. Très peu pour moi, merci, je ne recommencerai plus...

— Re... recommencer ?

— Oui, re-com-men-cer, Vivian ! Pour l'amour du ciel, cessez de jouer les innocentes ! Vous savez pertinemment qu'après la naissance de Vicki, Tina s'est refusée à moi. Notre union a été un désastre pendant quatre ans, jusqu'au jour où, incapable de supporter davantage cette vie, je suis parti. Si vous acceptez de m'épouser, vous accepterez aussi de partager mon lit. Si cela vous répugne, oublions tout de suite ma suggestion.

— Je...

— Vous voulez réfléchir encore un peu, Vivian ?

Il posa les mains sur ses épaules et l'obligea à le regarder en face. Elle était pâle, et il plissa les yeux.

— Ce que je viens de vous dire vous a choquée, Vivian ?

Elle demeura silencieuse. Non, non au contraire, elle était enchantée. S'ils assumaient complètement leur vie de couple, ils finiraient peut-être par se trouver.

— Vivian... ? Si cela vous...

— Pas du tout ! trancha-t-elle. Je croyais simplement... enfin vous...

— Il m'était difficile d'en parler hier, les enfants étant présents. Ma fille a de grandes oreilles.

— C'est la raison pour laquelle vous étiez curieux de savoir si j'avais eu des amants ?

— Oui.

— Et si j'avais répondu par l'affirmative ?

— Je vous aurais désirée quand même... Oh, Vivian ! gémit-il... Vous me rendez fou !

Il l'enlaça avec fougue, réclamant ses lèvres, repoussant tout doucement, du bout des doigts, le col de son chemisier. Vivian frémit.

— Me donnez-vous le droit de vous aimer, Vivian ?

— Je ne peux pas vous en empêcher, murmura-t-elle, haletante.

— Si, Vivian. Il vous suffit de me dire non.

Son regard se voila. Elle secoua la tête, bouleversée.

— Je ne peux pas.

— Vous m'épouserez ?

— Oui.

— Dans ce cas, j'attendrai notre nuit de noces, déclara-t-il en reboutonnant sa blouse d'un geste tendre.

Jamais elle n'aurait cette patience ! Mais déjà, Gérard se détournait. Le moment d'émoi était passé. Vivian frissonna, se retenant de le supplier de l'aimer maintenant ! Bientôt, ils seraient mariés. Bientôt, elle entreprendrait de transformer cette intense attirance physique en une complicité totale, en une affection profonde, en un échange complet. Seul l'espoir de mener cette tâche à bien la consola.

La cérémonie devait avoir lieu un mois plus tard, afin de laisser le temps à la famille « australienne » de Vivian d'organiser son voyage. Ils ne partiraient pas en voyage de noces : ils se contenteraient d'une semaine en tête à tête chez Gérard, puis emmèneraient les enfants en vacances avant la fin de l'été.

Vicki avait trépigné de joie en apprenant la nouvelle. Tony, bien que trop jeune pour comprendre ce qui se passait, se réjouissait de pouvoir parler de « Papa » à tout instant. Sarah Daniels approuva leur décision avec enthousiasme.

— Il vous aime depuis si longtemps ! lui confia-t-elle un jour, alors que les deux femmes faisaient des courses.

— Je suis désolée, je… je ne comprends pas.

— J'ai tout de suite su qui vous étiez.

— Ah ?

La perplexité de Vivian grandit.

— Mais oui, assura Sarah. Il m'a parlé de vous juste après la mort de son père.

— Vraiment ?

— Ne m'en veuillez pas. Gérard m'avoue rarement ses secrets. Aussi, quand il vous a décrite, ai-je compris combien il tenait à vous. Il a beaucoup souffert de la disparition de mon mari… Ensuite, nous avons appris la maladie de Tina. Le pauvre était déchiré. Il voulait vous rejoindre, mais d'un autre côté, il se sentait responsable

132

envers Tina et Vicki. Pour finir, il a choisi sa fille : elle avait besoin de lui à l'époque. Et il vous a perdue.

— Sarah...

— Je ne vous reproche rien, poursuivit Mme Daniels. Tina était souffrante, elle risquait de mourir, mais nous ne le savions pas encore. La plus douloureuse épreuve que Gérard ait jamais eue à surmonter, ce fut de vous écrire cette lettre.

— Une... une lettre ? balbutia Vivian, blanche comme un linge.

— Oui. Celle dans laquelle il vous expliquait tout, ses obligations morales envers Tina, ses soucis avec Vicki. En apprenant la nouvelle de votre mariage quelques semaines plus tard, il a été anéanti... Mais tout cela est du passé. Bientôt, vous serez de nouveau réunis, c'est l'essentiel, non ?

— Bien sûr, acquiesça Vivian.

Une lettre ! Quelle lettre ? Si elle en avait reçu une, celle-ci aurait dû se trouver parmi ses papiers personnels. Elle n'avait tout de même pas pu la détruire ? Simon avait été au courant de l'existence de Gérard, peut-être savait-il quelque chose de cette missive...

— Ça va ? s'enquit Gérard à leur retour, en l'embrassant affectueusement.

— Nous avons acheté une robe ravissante ! s'exclama sa mère.

— C'est vrai ?

Il scruta attentivement le regard perdu de Vivian.

— Oui, oui, confirma-t-elle, sans joie. Elle est...

— Ne la décrivez surtout pas, cela porte malheur ! protesta Mme Daniels.

— Ah, oui, naturellement... Tony a été sage ?

— Comme toujours ! intervint Vicki, défendant avec ardeur son futur petit frère.

— Non, pas toujours, sourit Vivian.

— Tu es certaine de te sentir bien ? répéta Gérard, sans la quitter des yeux.

— Absolument ! répliqua-t-elle en affichant un sourire figé.

— Tu n'as pas changé d'avis, j'espère ?

— Non.

— Je te trouve très pâle.

— Elle est fatiguée, expliqua Sarah. Comme nous tous ; un mois, c'est court pour tous les préparatifs !

— C'est donc cela ? Tu es fatiguée ?

— Un peu, admit-elle.

— Tu arrêtes bientôt de travailler, non ?

Elle avait tenu parole : elle abandonnerait sa carrière de mannequin pour se consacrer au stylisme.

— Encore quelques jours... Cela ne t'ennuie pas si je rentre chez moi ? J'aimerais me reposer.

— Allonge-toi sur le canapé, proposa-t-il.

— Non, je préfère rentrer à la maison. D'ailleurs, je dois me changer pour ce soir.

Ils étaient invités à un dîner. Sarah garderait les enfants.

— Tu préfères ne pas sortir, peut-être ?

— Je serai en pleine forme tout à l'heure.

— Laissez-moi Tony, lui suggéra Mme Daniels. Vous serez plus tranquille.

— Volontiers, merci.

— De rien ! C'est un plaisir.

— Je t'accompagne jusqu'à ta voiture, annonça Gérard.

— C'est inutile...

— Au contraire ! Je n'ai aucune envie de t'embrasser devant tous ces spectateurs ! Surtout les plus curieux, ajouta-t-il en ébouriffant les cheveux de Vicki.

— Moi j'aime bien te voir embrasser Vivian !

— Cette fois, tu ne « verras » rien du tout !

Il prit Vivian par la taille et l'entraîna au-dehors. Dans une semaine, ils seraient mariés... Un frémissement la parcourut.

— Tu n'as pas froid ?

— Non... Je songeais à l'avenir.

— Tu ne regrettes rien, tu en est certaine ? Je préfèrerais le savoir dès maintenant.

— Je suis un peu nerveuse, Gérard, comme toutes les fiancées.

— Etais-tu dans cet état, à la veille d'épouser Anthony ?

— Je n'en sais rien. De toute façon, je ne vois pas le rapport. J'étais plus jeune, rêveuse... probablement.

— Probablement ?

— Combien de fois devrai-je te répéter que je souffre d'amnésie ? Cette époque de ma vie est un grand trou noir ! Comment t'en convaincre ? cria-t-elle.

— Tu n'y parviendras jamais.

— Si tu ne me crois pas, tu croiras peut-être Simon ?

— Ton frère ?

— Oui, mon frère ; il peut te dire toute la vérité. Demande-lui ! Il te racontera l'histoire en détail.

— Je n'y tiens pas.

— Moi, si.

— Je lui poserai la question un jour.

— Pourquoi pas maintenant ?

— Cela n'a aucune importance.

— Par moments, Gérard Daniels, je te déteste ! explosa-t-elle en claquant la portière de sa voiture.

Elle démarra en trombe, avec un horrible crissement de pneus, sans même lui accorder un dernier regard. Son frère n'habitait pas loin, et, en quelques minutes, elle fut devant sa porte. Il était seul.

— Où est Janice ?

— Elle cherche une robe pour la cérémonie. Ce mariage va me coûter une fortune, Vivian. Je... Que se passe-t-il. Tu n'as pas rompu, tout de même ?

— Non... Où est-elle, Simon ?

— Où est quoi ?

— La lettre, Simon, où est-elle ?

Il se raidit, soudain sur ses gardes.

— Quelle lettre ?

— Pour un avocat, tu manques singulièrement d'esprit de répartie !

— Tous les avocats ne sont pas confrontés à une petite sœur crachant du feu !

— D'accord, d'accord... Pardonne-moi, Simon. Gérard m'a mise en colère, et je m'en prends à toi. Cependant, j'aimerais voir cette lettre malgré tout. Et ne te réfugie pas derrière de faux prétextes. Toi seul peux savoir où elle se trouve.

— Celle de Gérard...

— C'est toi qui l'as ?

— Je suppose qu'elle est de lui.

— Tu veux dire que tu ne l'as jamais lue ?

Simon s'enflamma, très en colère.

— Pour qui me prends-tu ? Ce message t'était adressé personnellement. Son contenu ne me regardait pas, surtout d'après la manière dont tu as réagi à l'époque en le lisant.

— J'aimerais la voir, s'il te plaît.

Il se leva en haussant les épaules.

— Je reviens tout de suite.

En effet, il réapparut quelques instants plus tard en brandissant une enveloppe blanche, qu'elle prit d'une main tremblante. Voilà... Elle avait sous les yeux la preuve, la preuve irréfutable !

Vivian s'assit pour parcourir cette longue missive. Tout était là, l'amour, l'angoisse, décrits un peu plus tôt par Sarah Daniels. Tina, sa femme, était très malade, elle venait d'être transportée à l'hôpital, où l'on procédait à une multitude d'analyses. Elle ne guérirait jamais. Gérard se devait de s'occuper d'elle, surtout à cause de Vicki, mais aussi par loyauté envers sa femme. Il lui disait ensuite combien il l'aimait, mais qu'il ne pouvait quitter Tina au moment où elle avait le plus besoin de lui. S'il l'abandonnait maintenant pour Vivian, cela risquerait de détruire leur amour, car il serait rongé par les sentiments de culpabilité.

Il avait raison. Mais elle, Vivian, l'avait-elle compris, en ce temps-là ? Ou bien s'était-elle précipitée dans les bras d'Anthony dans le seul but de se venger ?

Les larmes aux yeux, elle se tourna vers Simon.

— Oh, Simon ! sanglota-t-elle en se jetant dans lui.

— Tout va s'arranger, petite sœur, la consola-t-il. Puisque tu épouses Gérard...

Oui... Tout s'arrangerait. Elle saurait le rendre heureux !

9

Gérard arriva un peu en retard chez Vivian, ce soir-là.

— Je suis passé voir si les enfants étaient sages avec Maman, expliqua-t-il.

Les enfants ! « Leurs » enfants !

— L'étaient-ils ? s'enquit Vivian en montant dans la Jaguar.

— Tony dormait déjà, et Vicki venait d'annoncer son intention de l'imiter.

— J'ai du mal à le croire ! s'exclama-t-elle en riant.

Elle était résolue à transformer radicalement son attitude envers Gérard à partir de maintenant... Afin qu'il redevienne, peu à peu, l'homme qui l'avait tant aimée autrefois, mais qui n'avait pu le lui prouver, par égard pour sa femme malade. Cet homme-là semblait avoir disparu pour toujours, derrière l'amertume et les désillusions. A cause d'elle, Vivian ! Un jour, peut-être parviendrait-elle à lui faire comprendre qu'elle l'aimait de toutes ses forces. En tout cas, elle s'y efforcerait.

La soirée fut animée, voire bruyante, mais dans une atmosphère de chaleur et d'amitié. C'était la première fois que Vivian était présentée aux amis de Gérard, et elle fut la proie des regards pendant un long moment... Un regard en particulier, celui d'une femme, Marion Walsh.

Vivian la trouva déplaisante dès le début : elle n'appréciait ni la voix rauque, ni le rire aigu, ni les plaisanteries d'un goût douteux de cette créature sophistiquée. Et surtout, Vivian lui en voulait de profiter du moindre prétexte pour poser une main sur le bras de Gérard... En un mot, elle était jalouse !

Vivian portait à l'annulaire gauche un magnifique saphir, symbole de leurs fiançailles ; pourtant, le temps passait, Gérard continuait de bavarder avec Marion... Cette bague avait-elle à ses yeux une véritable signification ? La soirée de Vivian était gâchée...

— Tu es bien silencieuse, murmura-t-il, sur le chemin du retour.

— Tiens ? Tu t'en es aperçu ? riposta-t-elle sèchement.

— Oui. Qu'est-ce qui te prend ?

— Rien !

— Tu étais de mauvaise humeur dès le départ.

— Erreur !

— En effet, acquiesça-t-il, tu t'es renfrognée à l'apparition de Marion Walsh.

— Je t'ai trouvé terriblement attentif à sa présence, marmonna-t-elle.

— Ah ? Et cela t'a déplu ?

— Oui !... Elle en fait partie ?

— Partie de quoi ?

— De la liste des vingt...

— Enfin, Vivian, de quoi parles-tu ? rugit-il, en freinant devant son immeuble.

— Je parle de toi et de Marion Walsh. Est-elle une de tes vingt maîtresses ?

Gérard parut perplexe.

— Marion est ma secrétaire.

— Ta... ? Ça ne prouve rien ! Au contraire. La plupart des patrons séduisent un jour ou l'autre leur secrétaire !

Dans l'obscurité, il la saisit par les épaules et la secoua avec violence.

— Tais-toi, Vivian ! Marion est ma secrétaire, c'est tout.

— Ah, oui ?

— Oui ! D'ailleurs, tu étais au courant. Que cherches-tu ? A me provoquer ? Est-ce ta manière à toi d'échapper à ce mariage ?

— Pourquoi me soupçonnes-tu sans arrêt de vouloir me dédire ?

— Je n'ose croire à ce miracle, sans doute, soupira-t-il en passant une main lasse dans ses cheveux.

— Moi non plus ! Je n'imaginais pas que j'aurais à me mesurer à ta secrétaire ! A tout instant, elle t'effleurait, devant moi, c'était écœurant !... Je passerai tôt demain matin chercher Tony, conclut-elle en claquant la portière.

Gérard la rattrapa dans le vestibule.

— Tu ne te débarrasseras pas de moi aussi facilement !... Avance. Nous allons discuter.

Vivian ouvrit la porte de son appartement et lui fit face, le défiant.

— Nous n'avons rien à nous dire.

— Oh, si, justement ! D'accord, Marion s'est montrée un peu... exubérante !

— C'était scandaleux !

— Exubérante, insista-t-il avec l'ombre d'un sourire. Elle essayait, en vain, de récupérer son bien. Elle n'apprécie pas d'avoir été repoussée.

— Oh, je suis désolée ! minauda Vivian avec ironie. C'est toi qui devrais annuler ce mariage, non ?

— Je ne parle pas de ce soir, Vivian... C'était en Floride.

— Marion Walsh n'était pas en Floride.

— Elle y était.

— Je ne l'y ai pas vue. D'ailleurs, si c'est le cas, pourquoi ne lui as-tu pas demandé de s'occuper de Vicki ?

— Vicki ? Mais... Vivian, je ne pense pas au séjour

que nous venons d'effectuer là-bas ! C'était il y a deux ans. Marion, en tant que secrétaire particulière, m'accompagnait partout à l'époque. J'avoue avoir envisagé de transformer ce voyage en une plaisante aventure. Elle s'en doutait ; c'est pourquoi elle a été affreusement vexée de découvrir que je m'éprenais de toi. Elle ne m'a pas vu de la semaine ! Tu... tu ne te souviens de rien, n'est-ce pas ? chuchota-t-il, hébété.

— Non... Son attitude est compréhensible. Je ne me doutais pas que nous nous étions rencontrées autrefois. Elle a dû me trouver désagréable, impolie !

Gérard s'avança vers elle, anéanti.

— Tu ne te rappelles vraiment rien...

— Non.

— Mon Dieu ! C'était donc vrai ! Tout ce que tu m'as expliqué, c'était la vérité !

— Oui, opina-t-elle, les larmes aux yeux.

— Oh, ma pauvre Vivian ! s'écria-t-il en enfouissant son visage dans les cheveux de la jeune femme.

— Je ne suis pas une « pauvre » petite, Gérard. Je suis si contente que tu acceptes enfin ma version des faits !

— Je suis un monstre. J'aurais dû me douter que tu étais incapable de mentir. Tu nies m'avoir connu autrefois, mais tu es celle que j'aimais et je...

— Oui ? interrompit-elle, gonflée d'espoir.

— Oui. A force de t'entendre me répéter que nous ne nous étions jamais rencontrés, j'ai cru que tu avais honte de cette semaine merveilleuse.

— Tu ne sauras jamais combien je regrette...

— Une semaine extraordinaire, Vivian, la plus belle de ma vie ! Nous ne nous quittions pas, nous étions heureux, nous nous entendions si bien, nous vivions corps et âme à l'unisson. C'était unique, exceptionnel...

— Tu veux dire qu'il n'y a eu personne d'autre depuis... depuis moi ?

— Personne. Avant toi, j'avais rencontré une multitude de femmes, mais ensuite...

— Et... et maintenant ? balbutia-t-elle, retenant son souffle dans l'attente de sa réponse.

— Maintenant ?

— Qu'éprouves-tu ?

— Pour l'instant, je suis un peu abasourdi. J'ai du mal à imaginer que tu aies pu oublier cette semaine, une semaine qui a bouleversé toute ma vie.

— Moi, je ne me souviens de rien, avoua-t-elle, rougissante, mais mon corps... Dès que tu me touches...

— Oh, Vivian ! Si seulement tu pouvais m'aimer de nouveau !

— Je t'aime, Gérard.

Il scruta son regard, interdit.

— Tu m'aimes ?

— Oui. Cela te paraît sans doute bizarre, mais je... je t'aime. Et toi ? Maintenant que tu sais...

— Je n'ai jamais cessé de t'aimer, Vivian. Je t'en ai voulu, tu m'as irrité, exaspéré, pourtant cela ne suffisait pas à me décourager... Dis-le-moi encore, supplia-t-il.

— Je t'aime ! Je t'aime !

— Elle m'aime ! hurla-t-il, exalté, en la faisant tournoyer autour de lui... Oserai-je t'embrasser ?

— Je te l'ordonne !

Ce fut un baiser tendre et passionné, un échange total entre deux êtres assoiffés d'amour. Vivian caressa la joue de Gérard, du revers de la main.

— Reste avec moi cette nuit.

— Non, refusa-t-il à voix basse, en secouant la tête. La prochaine fois que nous partagerons un lit, ce sera le lit conjugal. Je ne veux pas risquer de te perdre.

— Tu m'en veux d'avoir épousé Anthony ?

— Je t'avais suggéré de vivre ta vie, éluda-t-il. La nouvelle de ton mariage m'a choqué, je l'avoue, mais je comprenais.

— Vraiment ?

— Non ! Non, je ne comprenais rien ! En lisant l'annonce dans le journal, j'ai songé à me suicider...

— Oh, non ! Pas toi, Gérard, ce n'est pas possible ! Tu es trop solide !

— Crois-moi, seule la pensée d'abandonner Vicki aux mains d'une femme très malade m'en a empêché. Et puis, six mois plus tard, j'ai lu un article décrivant l'accident d'avion.

— Anthony venait d'obtenir son permis de pilote. C'était la première fois qu'on l'autorisait à emmener une passagère.

Vivian avait eu le droit de parcourir les reportages. Le médecin avait espéré ainsi secouer sa mémoire... Cette tentative s'était soldée par un échec.

— Il était fou de t'obliger à monter à bord de cet appareil, dans ton état.

— Ce n'est pas la catastrophe en elle-même qui a provoqué le traumatisme et la naissance prématurée de Tony, mais la mort d'Anthony.

— Ce n'est pas une raison... Enfin, n'en parlons plus, puisque c'est fini. J'ai voulu te rendre visite, mais la santé de Tina se dégradait dangereusement, j'étais toujours lié à elle. Cependant, j'ai appelé l'hôpital, et l'on m'a rassuré... Tu te portais bien, l'enfant aussi.

— Tony est resté quelques semaines en couveuse, car il était trop frêle.

— Je savais déjà que Tina était condamnée, mais je ne pouvais te le dire. J'aurais eu l'impression de précipiter sa disparition... Même si le divorce était en cours, je...

— Divorce ?

— Naturellement, mais tu ne peux pas t'en souvenir non plus. Quand je t'ai rencontrée, il était sur le point d'être prononcé. Puis j'ai dû quitter la Floride en toute hâte, car mon père était décédé. Ce fut alors que Tina choisit de me révéler sa maladie. Tout s'écroulait autour de moi.

— Oh, mon pauvre chéri ! gémit-elle. Tu as dû me haïr lorsque j'ai épousé Anthony.

— Non... Jamais, Vivian. Je haïssais les circonstances

144

qui m'empêchaient d'être heureux avec toi. Je t'avais volé une semaine de ta vie, et je voulais t'épouser... Mais tout cela est fini. Nous découvrons que nous nous aimons, nous allons nous marier bientôt, voilà l'essentiel.

— Embrasse-moi, le supplia-t-elle.

— Non ! Mes bonnes résolutions vont s'envoler si je reste ici une minute de plus. Nous avons tout l'avenir devant nous. Dans huit jours... huit jours seulement, tu seras mienne, tu seras madame Gérard Daniels...

— Oh, Gérard !

— J'aime Tony, Vivian.

— Je sais. Et moi, j'aime Vicki.

— Ainsi, tout est clair et net.

— Non, protesta-t-elle, tout est fantastique !

— J'ai l'impression de vivre un rêve. A présent, je m'en vais. Nous nous voyons demain ?

— J'y compte bien !

Les préparatifs allaient bon train, et les huit jours suivants se succédèrent à une allure vertigineuse. Le vendredi, Gérard et Vivian, accompagnés par Simon, se rendirent à l'aéroport pour accueillir la famille australienne...

Les parents de la jeune femme étaient un peu inquiets devant tant de précipitation, mais leur fille les rassura. D'ailleurs, Gérard les avait immédiatement séduits.

— Il est charmant, approuva sa mère, tout en défaisant sa valise. Et sa petite Vicki est adorable. De plus, il semble très attaché à Tony.

— Donc, il te plaît ?

— Beaucoup, Vivian. Ton père et moi-même sommes si heureux pour vous. Nous voulons te voir comblée.

— Je le suis, murmura Vivian en clignant des paupières pour retenir ses larmes.

— C'est tout ce que je voulais savoir.

— Nous allons fêter un mariage, intervint Gérard

d'une voix douce, à l'entrée de la chambre. Personne n'a le droit de pleurer.

— Ce sont des sanglots de bonheur, Gérard ! expliqua Vivian en allant se jeter dans ses bras.

La cérémonie fut d'une sobriété exemplaire. Gérard prononça ses vœux sans quitter sa jeune femme des yeux. Ensuite, une réception fut donnée chez Mme Daniels.

— Tu vois, disait Carly à Paul, au moment où Vivian se joignit à eux... C'est d'une simplicité enfantine !

— Quoi ? s'enquit Vivian.

— J'essaie de lui faire comprendre que le mariage, ce n'est pas si compliqué que cela... Jusqu'à présent, ma tentative a échoué, déclara Carly avec un sourire penaud.

— Peut-être ne m'as-tu jamais donné l'occasion de prendre la parole ! rétorqua Paul. Si tu te taisais, de temps en temps, tu aurais sans doute entendu mon avis sur la question.

— Je...

— Oui, oui.

— C'est vrai ?

— Comment puis-je t'en convaincre ?

— Demande-moi ma main.

— Je te demande ta main.

— Je suis témoin ! intervint Vivian avec un rire joyeux.

Gérard surgit à ses côtés et glissa un bras autour de sa taille.

— Nous allons nous éclipser, chérie.

Voilà... Le moment était venu pour eux de se retrouver seuls... Et Vivian en tressaillait d'appréhension. Elle n'avait pas peur de Gérard, mais elle était comme toutes les mariées avant leur nuit de noces...

Les adieux furent émouvants, comme si Gérard et Vivian s'apprêtaient pour un voyage au bout du monde, alors qu'ils se rendaient à quelques kilomètres de là.

— Ça va ? s'enquit Gérard, dès qu'ils eurent quitté leurs mères émues.

— Oui.

— Tu es nerveuse.

— Un peu.

— Tu n'as rien à craindre de moi, Vivian.

— Je sais, mais je...

Pour toute réponse, Gérard lui serra la main, très fort.

— Nous allons commencer par dîner aux chandelles. Ce repas, nous le préparerons nous-mêmes, car j'ai donné une semaine de congé à la gouvernante. Ensuite, nous écouterons quelques disques, nous danserons et...

— Gérard !

— Quoi ? Ce programme ne te plaît pas ?

— Si, au contraire !

Il s'y appliqua point par point, et ce fut tendrement enlacés qu'ils s'endormirent, après avoir connu l'extase et l'exaltation unissant deux êtres profondément amoureux l'un de l'autre...

... Vivian gisait aux côtés de Gérard, anéantie.

Quand il apprendrait la vérité, il la haïrait ! Si c'était la vérité...

Elle devait à tout prix s'enfuir, sortir avant le réveil de son mari. Elle se glissa hors du lit, s'habilla sans un bruit et quitta la chambre sur la pointe des pieds. Elle ne savait pas où elle allait, elle s'éloignait, tout simplement...

Elle marcha pendant des heures, se dirigeant lentement en direction de la maison de Simon. Le jour se levait à peine. Il serait furieux d'être dérangé à cette heure-ci !

A son grand étonnement, il était déjà levé et habillé. Sans un mot, il l'invita à entrer. Janice, silencieuse elle aussi, posa une tasse de café brûlant devant elle.

— Gérard est venu... devina Vivian.

— Oui. Il est fou d'inquiétude, je vais l'appeler pour le rassurer.

— Non ! hurla-t-elle, sa cuiller retombant avec un

bruit fracassant sur sa soucoupe. Non, ne lui téléphone pas. Je... je ne veux pas le voir... Pas tout de suite !

— Mais enfin, Vivian, que t'a-t-il fait ?

— Ce n'est pas lui, Simon. C'est moi.

— Je n'y comprends rien, petite sœur, lui reprocha-t-il avec gentillesse.

— C'est le choc... Le choc d'avoir... de...

— Oui ?

Elle s'humecta les lèvres, tandis qu'un sanglot la secouait.

— Simon, étais-je enceinte quand j'ai épousé Anthony ? Réponds-moi !

10

Simon blêmit, puis se détourna.

— Pourquoi ?

— Dis-moi la vérité, Simon !

— Comment l'as-tu découvert ? soupira-t-il, très las.

— Mon Dieu ! hurla-t-elle, tremblante d'émotion.
C'est donc vrai ! Et le bébé... est... de Gérard !

Tout se mit à tournoyer autour d'elle, et elle sombra
dans l'inconscience.

En se réveillant, elle découvrit qu'elle était allongée sur
un canapé, dans le salon de Simon. Elle se redressa tant
bien que mal... Gérard était le père de Tony ! Elle enfouit
son visage dans ses mains, incapable de retenir ses
larmes. Simon l'entoura d'un bras réconfortant et l'attira
contre lui pour la bercer doucement.

— Ce n'est rien, ce n'est rien, Vivian.

— Gérard ne me pardonnera jamais !

— Il ne l'apprendra peut-être pas.

— Je vais le lui dire, décréta-t-elle d'un ton ferme.
Dès que j'aurai le courage et la force de rentrer à la
maison. Mais avant cela, je veux savoir exactement ce qui
s'est passé. Pourquoi Anthony m'a-t-il épousée ?

— Il t'aimait.

— Je portais pourtant l'enfant d'un autre homme !

— C'est exact... Comment le sais-tu, Vivian ?

— Tony... Tony a une tache de naissance à la cuisse gauche.

— Oui, je l'ai vue.

— Gérard a la même, avoua-t-elle, écarlate.

— Ah.

— Ce n'est pas une simple coïncidence, surtout si l'on songe à nos relations dans le passé ! s'écria-t-elle, désemparée... Même endroit, même taille, même forme. D'ailleurs, depuis le début, je me demande comment j'ai pu me marier avec Anthony alors que j'étais éprise de Gérard. Je croyais avoir été amoureuse d'Anthony, mais...

— Oui, interrompit Simon, tassé sur lui-même. Dès ton retour de Floride, tu as rompu tes fiançailles. Tu as raconté ton histoire en toute honnêteté. Tu devais épouser Gérard dès que son divorce serait prononcé. Puis, sa lettre est arrivée. Et, au même moment, tu as su que tu étais enceinte. Anthony était toujours prêt à te prendre, pour le meilleur et pour le pire...

— J'ai donc abusé de lui ! acheva-t-elle, dégoûtée par son propre comportement. J'étais trop lâche, trop...

— Non ! protesta son frère. Tu voulais élever ce bébé toute seule. Anthony et moi avons fait pression sur toi, et tu as fini par céder.

— Je ne crois pas...

— C'est la vérité, insista Simon. A l'époque, j'étais persuadé d'agir pour ton bien en te poussant dans les bras d'Anthony. Les « mères célibataires » sont acceptées de nos jours, mais elles subissent malgré tout les attaques de la société. Cependant, je ne pense pas qu'Anthony et toi ayez été mari et femme au sens propre du terme.

— Tu ne *penses* pas ?

— Très bien, je sais que votre couple était inexistant. Tu étais amoureuse de Gérard, et tu étais enceinte.

— Tony est né prématurément. De combien de temps ?

— Six semaines, marmonna-t-il entre ses dents.

— Six semaines, et non trois mois, comme je le croyais.

Simon prit une longue inspiration.

— Quand tu es rentrée de Floride cette fois, en m'annonçant que tu avais revu Gérard et qu'il était libre, j'ai été stupéfait.

— Comment va-t-il réagir, à ton avis, lorsqu'il apprendra ma faute ? Il... il va me détester.

— Non !

— Si ! explosa-t-elle en le fusillant des yeux. J'ai donné à son fils un autre père que lui. Gérard m'aime aujourd'hui, mais il ne supportera pas cela. Il voudra m'enlever mon petit Tony.

— Il n'oserait ja...

— Et toi ? Mets-toi à sa place, Simon ! Il m'aimait, mais il se devait de rester auprès de sa femme malade et de sa fille. De mon côté, enceinte de lui, je me marie avec Anthony : j'ai privé Gérard de cet enfant que nous avions conçu ensemble. Hier, j'étais la plus heureuse des femmes, mais ce matin... Oh ! c'est affreux !

Simon arborait une expression de détresse.

— Je ne savais pas sa femme était malade. Tu ne nous as jamais dit cela, tu nous as expliqué qu'il ne pourrait jamais t'épouser, c'est tout. J'ai pensé... j'ai supposé qu'il se retranchait derrière de faux prétextes pour échapper à la réalité.

— Tu as conservé cette lettre pendant deux ans, Simon. Tu aurais dû la lire, j'aurais dû te la montrer tout de suite. Gérard ne souhaitait pas m'abandonner, il y a été forcé par les événements.

— Je ne pouvais pas m'en douter ! gémit Simon.

— En effet. Quant à moi, je ne peux en vouloir qu'à moi-même. J'étais lâche, stupide, écervelée.

— Tout semblait pourtant s'arranger, lorsque tu as annoncé ton mariage avec Gérard, cette fois.

— Oui. Mais pourquoi ne pas m'avoir mise au courant ? Pourquoi ne pas m'avoir dit que c'était lui, le père de Tony ? Gérard avait le droit de le savoir.

— J'ai voulu agir pour le mieux. Gérard devenait de toute façon le père de Tony...

— Il l'était déjà ! trancha-t-elle. Je vais voir Tony immédiatement.

— Vivian...

— Ne dis plus rien, Simon, murmura-t-elle en hochant tristement la tête. Je suis consciente d'avoir été seule à prendre la décision d'épouser Anthony. Je me suis trompée, c'est ma faute.

Elle se leva et se dirigea vers Janice pour l'embrasser.

— Ne pars par ainsi, Vivian. Reste encore un peu, et nous discuterons.

— Il est trop tard. Je dois y aller... Je vous téléphonerai.

Comme elle était venue à pied, elle prit un taxi pour se rendre chez la mère de Gérard, où séjournait son fils. Sarah était debout, elle semblait harassée.

— Vivian ! s'écria-t-elle, immensément soulagée. Oh, je suis si contente de vous voir, ma petite.

— Gérard... ? s'enquit-elle avec appréhension, craignant de le voir surgir devant elle.

— Il est passé... Je ne sais pas quelle bêtise a pu commettre mon fils.

— Aucune, hoqueta Vivian. Ce n'est pas lui.

— Pourtant, vous êtes traumatisée, et lui était persuadé de vous avoir fait du mal.

— Non.

— Il s'est réveillé cette nuit, et vous aviez disparu !

— Je ne veux pas infliger à Gérard de nouvelles souffrances, Sarah. Croyez-moi, je l'aime de tout mon être !

— Je le sais. C'est réciproque. Il était affolé.

Vivian s'écroula sur une chaise, à bout de nerfs.

— Je... J'ai...

— Ce ne peut être à ce point épouvantable, Vivian,

protesta Sarah d'une voix empreinte d'affection. Gérard vous aime, lui aussi ; pendant deux longues années, je l'ai vu se détériorer petit à petit à force de vous aimer sans espoir.

— Mais je lui ai dérobé son fils !

Sarah demeura silencieuse. Seul, son menton tremblant trahit son émotion, tandis que Vivian scrutait son visage.

— Vous avez entendu ce que je viens de vous dire ?

— Oui.

— Alors ?

Sarah semblait chercher ses mots.

— Vous parlez de Tony, naturellement ?

— Oui !

— C'est ce que je pensais.

Vivian plissa le front, perplexe. Comment Sarah Daniels pouvait-elle conserver son calme dans des circonstances comme celle-ci ?

— Cela ne semble pas vous étonner...

— Non. Oh, ma petite Vivian, j'étais au courant !

— Quoi ?

— Mais oui, bien sûr !

— Co... Comment ?

Oui, comment ? Tony ne ressemblait en rien à son père !

— Je lui ai donné son bain, Vivian. Tous les Daniels ont cette tache de naissance. J'aurais été sotte de ne pas comprendre que Tony était mon petit-fils.

— Et vous ne m'en avez pas voulu ?

Sarah lui adressa un sourire indulgent, sans la moindre trace de reproches.

— Je ne peux pas détester une femme qui a su donner un tel bonheur à mon fils.

— Je... Puis-je voir Tony ?

— Je vous en prie. Il joue avec Vicki dans la nursery.

Les deux femmes se levèrent, et Vivian se jeta dans les bras de Sarah.

— Je suis désolée !

— N'ayez aucun remords, Vivian, la consola sa belle-mère. Cependant, à mon avis, vous devriez maintenant affronter Gérard, lui montrer que cela ne changera rien entre vous.

— Je ne peux pas, murmura-t-elle en imaginant la colère de Gérard. Pas encore.

— Montez voir les enfants, l'encouragea Sarah. Passez un moment avec eux. Vous verrez, ces petits ont le don de remettre les événements les plus étranges à leur véritable place.

— Pas celui-ci, soupira Vivian en se détournant.

Tony et Vicki étaient levés depuis peu, et s'agitaient, toujours en pyjama, parmi une montagne de jouets. Après les effusions d'usage, Vivian s'installa par terre pour s'amuser avec eux.

Elle n'entendit pas arriver Gérard. Elle ne ressentit sa présence qu'à l'instant où Vicki, poussant un hurlement de joie, bondit vers lui. Tony se mit à courir, lui aussi, ses petits bras potelés tendus devant lui.

Vivian releva lentement la tête et rencontra le regard perdu de son mari.

— Ta mère t'a appelé...

— Oui... Pourquoi, Vivian ?

— Sarah ne t'a rien dit ?

— Non. C'est à toi de tout me raconter.

Sa gorge se serra : elle était hypnotisée... Comme elle l'aimait !

— Qu'est-ce qu'elle doit te dire, Papa ?

Gérard gratifia sa fille d'un sourire indulgent.

— Ta grand-mère t'attend pour le petit déjeuner.

— Oh, chic ! Tony peut venir aussi ?

— Non ! intervint Vivian d'un ton un peu trop brusque... Non, pas tout de suite, Vicki. Je... Papa et moi descendrons avec lui dans un instant.

— D'accord.

— Pourquoi, Vivian ? répéta Gérard dès la disparition de la fillette.

Elle ne pouvait pas parler ! Elle ne pouvait pas détruire leur amour !

— Je t'aiderai peut-être... Tu ne m'aimes pas, finalement. Tu as pris conscience de ton erreur et...

— Non, Gérard, non ! Ce n'est pas cela du tout !

— Alors quoi ? Pourquoi t'es-tu enfuie en plein milieu de la nuit ?

— Oh... Je ne sais même pas par où commencer ! soupira-t-elle.

— Par le commencement.

— Il n'y en a pas, il n'y a qu'une fin.

— Alors raconte-moi la fin, mais pour l'amour de Dieu dis quelque chose ! explosa-t-il... Tu m'as caché un fait important, c'est cela ?

— Oui ! Oui !

— Lequel ? Parle, ordonna-t-il. Le choc ne sera peut-être pas aussi grave que tu ne l'imagines.

Vivian chercha son regard.

— Tu devrais t'asseoir. Je...

— Je suis assez solide pour entendre ton discours debout !... Hé ! Bonhomme ! arrête ! sourit-il, alors que Tony, ayant déboutonné sa chemise, s'amusait à lui chatouiller le torse.

Le cœur de Vivian se serra. Ils s'entendaient si bien, tous les deux ! Elle s'avança pour prendre son fils et le serra contre elle d'une manière possessive. Elle ne pourrait jamais abandonner Tony ! Jamais !

Gérard plissa les yeux.

— C'est donc cela, murmura-t-il.

— Quoi ?

— Il est à toi, Vivian, tout à toi.

Elle plissa le front.

— Je ne comprends pas... ?

— Je parle des taches de naissance. Elles sont identiques.

Elle émit un petit cri, lâchant presque Tony dans son émotion.

— Tu ... tu savais ?

— Oui.

— Depuis quand ?

— Deux jours... Tu étais sortie avec Maman, et c'est moi qui gardais les enfants. Tony a renversé un verre de jus d'oranges, j'ai dû le laver et le changer.

— Et tu ne m'as rien dit ?

— Que pouvais-je te dire ? Pendant quelques heures, bien sûr, je suis resté stupéfait. Cependant, j'ai vite compris que tu n'étais pas au courant, toi non plus. Sinon, tu me l'aurais avoué.

Elle ravala sa salive.

— Tu m'as épousée malgré tout, sachant que Tony était ton fils ? Ou bien est-ce précisément pour cette raison que tu as voulu...

— Vivian, si tu ne te tais pas immédiatement, je vais t'embrasser à te rendre folle... devant ton fils, menaça-t-il à voix basse afin de ne pas effrayer le petit. J'ai voulu me marier avec toi avant cela ; en toute sincérité, cela ne m'a guère enchanté de découvrir que j'avais été privé de mon fils si longtemps, mais cela ne changeait en rien mon désir envers toi. J'ai besoin de toi. Si je devais tout laisser tomber, même Vicki et Tony, je le ferais... pour toi.

— Mais ton fils porte le nom d'un autre homme ! souffla-t-elle.

— J'en suis fier. Anthony devait être quelqu'un d'exceptionnel pour accepter d'élever l'enfant d'un autre... Je t'aime, Vivian ! Un jour, quand Tony sera assez grand pour comprendre, nous lui expliquerons tout cela. Il ne t'en voudra pas.

— Oh, Gérard, je t'aime tant !

— A présent, annonça-t-il après l'avoir embrassée brièvement sur les lèvres, allons rejoindre Maman et Vicki. Ensuite, nous rentrerons tous les deux chez moi, où nous poursuivrons notre lune de miel... Et nous n'en sortirons pas avant la fin de la semaine !

Il prit son fils dans ses bras, entoura la taille de Vivian de l'autre, et tous trois descendirent.

LE TAUREAU

(20 avril-20 mai)

Signe de terre dominé par Vénus : Beauté.

Pierre : Agathe.
Métal : Laiton.
Mot clé : Sensation.
Caractéristique : Econome.

Qualités : Très agréable en société, amie précieuse, aime la compagnie. Douceur, tendresse. La dame du Taureau est aussi exclusive.

Il lui dira : « Mais vous êtes jalouse ! »

TAUREAU

(21 avril - 20 mai)

"Je meurs ou je m'attache" : la devise du lierre est celle de la femme du Taureau. La native de ce signe de Terre régi par la Vénus et par la Lune s'impose de longues réflexions avant de prendre tout engagement. Mais lorsqu'elle aime, elle va au bout de sa passion. D'une grande stabilité affective et d'une fidélité constante, elle donne l'image d'une épouse douce et sereine. Pour elle, les promesses éternelles n'ont jamais un arrière-goût démodé.

D'ailleurs, Vivian croit fermement à l'unicité de l'amour.